행복

김열규 교수,
행복을 묻고 답하다

행복

김열규 지음

비아북
ViaBook Publisher

행복은 어떻게 오는가?

우리는 누구나 행복을 원한다. 행복하게 살기를 바란다. 그러기에 행복은 삶의 지표이고 또 보람이다.

행복의 행幸은 '다행 행'이라고 읽는다. 복福은 아예 '복 복'이라고 읽는다. 풀이되는 말과 풀이하는 말이 같은 셈이다. 이래서는 전혀 뜻풀이가 되지 않는다. 읽기만으로는 행복의 정체가 잡히지 않는다. 이는 행복이란 말의 뜻풀이가 만만하지 않다는 암시이다. 이렇게 쉽게 풀리지 않는 것이 행복이다. 추상적이고 관념적이어서 꼬집어 말하기가 마땅치 않은 것, 그것이 바로 행복이다. 1만 명의 사람에게 1만 가지의 행복이 있는 것은 아니지 궁금하다.

우리는 기쁨이나 즐거움을 맛볼 때, 만족스러울 때, 보람을 누릴 때 그리고 무엇인가 마음에 들 때, 아니면 마음이 편할 때 또는 재미를 보고 있을 때 흔히 '행복하다'고들 말한다. 뿐만 아니다. 무엇인가 좋은 것이 듬뿍 주어졌을 때 우리는 행복을 실감한다. 그런데 참 묘하게도 다른 사람에게 잔뜩 베풀었을 때도 우리는 행복감에 젖는다.

이 모든 마음의 경지가 행복일 것 같다. 행복은 그렇게 알록달록하다. 단순하지가 않다. 인생이며 삶을 따라서 또 사람에 따라서 행복은 그 모양새며 무늬며 빛깔이며 가치를 달리한다. 사랑이며 정이 행복을 맺어주듯이 사업이 행복의 열매를 맺게 할 수도 있다. 어른들 같으면 직업이 그리고 일거리가 행복을 잉태하듯이 아이들에게는 운동이며 공부며 놀이가 행복감을 자아낼 것이다.

이 모든 상황은 행복의 텃밭이 마음임을 일러주는 것이다. 그러면서 삶의 고비마다, 삶의 국면마다, 삶의 정황마다 행복이 결실을 맺을 수 있음도 일러준다. 삶은 살기에 따라서, 어떻게 하느냐에 따라서 행복의 꽃동산이 될 수 있다. 그러니 말풀이로는 까다롭지만 실제 삶에서 행복은 또렷하고 알뜰하기 마련이다. 그렇다. 행복은 각자 하기 나름이다. 크게는 살기 나름이고 작게는 행동하기 나름이다. 행복을 말할 때마다 그것이 우리 하기 나름이라는 사실을 마음으로 다져두어야 할 것이다. 각자가 행복의 주인이고 또한 주체이다.

오늘날 우리 인생은 경제적 풍요며 물자의 풍요에 얽혀 있다.

그것들에 매달려 있다. 우리는 그것에서 행복의 지표를 찾고자 한다. 이것이 바로 오늘날 산업사회 사람들이 추구하는 행복의 첫째 몰골이다.

둘째 몰골은 더한층 딱하다. 하고많은 시민이 대놓고 행복이 무슨 선물이나 경품이듯이 주어지기를 바란다. 그러다 보니 복이란 그만 밖에서 주어지는 피동적인 것이 되고 말았다. 복지사회니, 복지국가니 하는 말이 그걸 부채질하고 있다. 그래서 '복표福票'나 '복권福券'이란 말에 주목하게 된다. 복표는 어디선가 표를 사고는 그것으로 인해 복을 챙기는 것을 가리킨다. 복권도 마찬가지이다. 복표나 복권은 요행수를 노리는 것들이다. 이렇게 되면 복은 그만 운수소관이 되고 만다.

요컨대 첫째로는 돈에 겹친 물질적 풍요, 둘째로는 피동적인 요행수, 그 둘에 오늘날 우리가 그렇게도 바라마지 않는 행복이 걸려 있는 것 같다. 그것은 행복이 아니라 타락일지도 모른다.

그러기에 우리는 바람직한 행복의 모습에 더한층 마음 써야 한다.

첫째, 행복의 궁극은 보람된 일의 성취에 있음을 알아야 한다.

"아, 마침내 내가 해냈구나!" 바로 이 한마디, 그 감탄에 우리의 행복이 의지해 있다.

둘째, 누구에게나 행복은 긍정적인 자아실현이라는 것을, 자기 실천이라는 것을 명심해야 한다. '내가 사람답다'는 것을 실감함으로써 각자의 행복은 보람을 거둔다.

"아, 드디어 내가 여기에 이르렀구나!" 바로 이 한마디, 그 탄성에 우리의 행복이 기대고 있다.

셋째, 이처럼 일의 성취와 자아실현이 자기만족을 넘어 사회에 대한 베풂이 되고, 사회에 대한 사랑이 되어야 한다는 점을 깨달아야 한다.

"아, 결국 내가 우리 사회에 쓸모 있는 사람이 되었구나!" 바로 이 한마디, 그 다짐으로 우리의 행복은 완성된다.

이 세 가지를 마음에 새기고 행복을 쌓는다면 그것이야말로 '복 짓기'가 된다. 복을 스스로 만들고 창조하는 것이 된다. 이 책은 이 세 가지 다짐을 전제로 한 '복 짓기'를 위해 쓰고 엮은 것이다. 그 자부가 곧 필자의 행복이 되기를 바란다.

I

행복의 탄생

행복은 그냥 찾아오지 않는다

행복 幸福!

우리 인생에서 최고의 로고이자 구호이자 외침이다. 다들 소리 없이 그러나 끈질기게 마음으로 갈구한다. 그래서 행복은 우리 삶의 지표가 된다. 최고의 그리고 지상至上의 목표가 된다. 무엇 때문에 사느냐? 그 물음에 정해져 있는 가장 큰 답은 행복 바로 그것이다. 우리는 행복하기 위해서 산다.

"복 받아라!"

"행복하여라!"

이 말들은 다른 사람에게 하는 인사말에 그치지 않는다. 말하는 사람 자신이 자신에게 다짐 두는 말이기도 하다. 그것은 말하는 사람 자신을 위한 기도와도 같고 또 축원祝願과도 같은 것이다. 그래서 "복 받았다", 그 기쁨의 외마디와 "땡잡았다", 그 환호의 외침은 합창처럼 함께 메아리치게 되어 있다.

　이런저런 사연으로 사람들은 누구나 행복하기를 바란다. 아니, 갈망한다. 그것은 시대가 달라도 마찬가지였다. 그래서 고려시대 사람들은 이런 노래를 만들어 불렀다.

　덕이란 배 고물에 바치옵고
　복이란 배 이물에 바치오니
　덕이며 복이며 나아오소이다.

　여기서는 고려가요 〈동동〉의 '곰배'와 '림배'를 배의 뒷전인 고물과 앞전인 이물로 옮겨보았다. 배에 초점을 맞추면 '곰'이 뒷전인 고물이 되고 '림'이 앞전인 이물이 되지만 그렇게 까다롭게 따질 것 없이 그냥 '뒤'와 '앞'이라는 말로 옮겨놓아도 괜찮을 것이다. 그러면 다음과 같이 단출하게 현대어로 옮겨질 것이다.

　덕은 뒤에 바치옵고
　복은 앞에 바치오니
　덕이며 복이며 나아오소이다.

　그런데 뒤 대신 고물이라 하고 앞 대신 이물이라고 하면 노래는 더 근사해진다.

배 뒤에는 덕德을 내걸고 앞에는 복福을 내걸었다. 앞뒤로 복과 덕을 돛대처럼 매단 한 척의 배가 삽상하게 내달리고 있다. 그것은 덕복德福의 배이고 복덕福德의 배이다. 덕복선德福船이자 복덕선福德船이다.

그 축복받을 배가 우리를 향해 푸른 물살을 가르고 바람결을 저으며 달려오고 있다. 그것이 가르며 나아가는 강물도 덕과 복으로 파랗게 출렁대고 있다.

큰 배에 하나 가득 실은 것이라고는 그저 덕이고 복이다. 이제 곧 물가에 닻을 내리면 우리에게 덕이니 복이니 하는 것을 한 짐 가득 풀어놓을 것이다. 그 짐을 받아들인 우리의 안방은 덕복방이 되고 복덕방이 될 것이다.

덕은 앞세우고 복은 등에 지고

그래서 이 고려가요는 표현은 간략하지만 속뜻은 대단하다. 덕과 복을 짝지어서 비는 것 자체가 이미 만만치 않다. 우리 누구나 빌지 말라고 해도 복을 빈다. 그러나 덕을 빈다는 것은 예사롭지 않은 일이다. 그것도 복을 빌기에 앞서 덕을 먼저 빌고 있지 않은가. 복은 오히려 뒤로 미루고 덕을 우선 빌지 않는가. 정말 감동적이고 감격적이다.

덕은 한자의 덕德, 바로 그것이다. 덕悳이라고 바꾸어 쓸 수도 있다. 덕悳은 문자 그대로 곧은 마음이다. 바르고 옳은 마음이 곧

덕惠인 것이다. 그런데 앞의 덕德은 '덕 덕'으로 읽지만 그 뜻은 '오를 승升'과 같다. 높이 오를 대로 오른 인품, 인성, 그것이야말로 덕德인데 여기 곧은 마음인 덕惠까지 짝지어서 생각해도 좋을 것 같다.

요컨대 덕망德望, 덕행德行 아니면 명덕明德, 후덕厚德 등등의 말에서 알 수 있듯이 덕은 우리 각자가 지닌 정의롭고 도덕적이며 아름다운 심성이다.

그러기에 덕을 빈다는 것은 도덕적으로 온전한 사람이 되기를 빈다는 말이 된다. 고려가요 〈동동〉은 일 년 열두 달을 두고 달마다 자연의 이치나 세상의 이치에 따라 인간의 생활이 곧고 바르고 아름답게 꾸려지기를 비는 노래로 그 서론과도 같은 맨 앞머리에서는 복보다 덕부터 빌고 있다.

일 년 열두 달 바라옵건대
인격이 갖추어지게, 덕을 행하게 해주소서.

그런 거룩한 소원이 〈동동〉의 서곡에는 메아리치고 있다. 그리고 그런 다음에야 복이 찾아와주기를 빌고 있다. 일 년 열두 달이 덕으로 살아지고 복으로 살아지기를 빌고 있다. 그렇게 〈동동〉은 "부디 덕이 갖추어진 복이 찾아와주소서"라고 축원하고 있다. 그렇게 덕을 비는 '덕빌이'와 더불어 복을 비는 '복빌이'를 〈동동〉은 담고 있다. 덕을 받들며 복되게 살기를 고려 사람들은 축수한 것이다.

한 해의 시작인 설날만이 아니라 모든 날이, 우리의 인생살이 전체가 '덕빌이'가 되고 또 '복빌이'가 되기를 고려 사람들은 노래하고 있다. 그들에게는 인생 자체가 '덕빌이'고 또 '복빌이'였던 셈이다.

1,000년도 더 지났지만 우리 역시 별로 달라지지 않았다. 그 까마득한 세월이 갔든 말든 여전히 우리 삶에서 복빌이와 덕빌이의 몫은 압도적이다.

행복의 행은?

그런데 행복幸福이란 글자는 보다시피 행과 복이 짝을 이룬 것이다. 그러니 행복이 무엇이냐고 묻기 전에 행과 복이 무엇인지부터 묻지 않을 수 없다.

행幸은 옥편에서는 '다행 행'으로 표기한다. '요행 행'이라고 읽을 수도 있다. 늦가을 감나무 밑에서 낮잠 자는 사람의 입으로 잘 익은 홍시가 떨어진다면 그것은 진짜 요행이다.

그런가 하면 면흉免凶이라고 해서 흉측한 일을 뜻히지 않게 면하거나 피하는 것도 행幸이라고 한다. 누군가 비가 사납게 쏟아지는 산길을 간다고 치자. 그가 심하게 경사진 비탈 아래를 지나는데 느닷없이 사태가 지면서 바위가 굴러떨어진다. 다행히도 그

바위는 그와 불과 서너 걸음 떨어진 곳에 내리박힌다. 하마터면 그는 바위에 깔릴 뻔했다. 그렇다. 이같이 아슬아슬하게 위기를 벗어나는 것, 그것이 이를테면 행幸이다.

요행은 한자로는 보통 僥倖이나 僥幸이라고 쓴다. 요僥도 '요행 요'라고 읽으니 행幸과 이른바 이음동의어, 즉 소리는 다르고 뜻은 같은 글자이다.

그런데 행幸에 사람 인人 자를 붙인 행倖은 원래 행幸과 뜻이 같지만 군이 둘을 구분할 때는 우연히 뜻하지 않게 얻는 행幸을 행倖이라고 쓴다. 그래서 행倖을 '뜻하지 않는 행'이라고도 읽게 된다.

흔히 쓰는 '요행수僥倖數'란 말은 우연히 덕을 본 것, 뭔가 생각지도 않게 좋은 것을 얻어내는 것을 의미한다. 그것이 바로 행倖이다. 그렇게 행幸과 행倖이 서로 오락가락하는 것을 보게 되면 사람들은 행복을 두고도 같은 생각을 했을 것 같다.

그런데 행幸은 '다행 행'이나 '요행 행' 말고도 '바랄 행'이나 '사랑할 행'으로도 쓰인다. 이것은 무슨 의미일까? 사람들이 바라는 것 중 으뜸이 행幸이고 사람들이 사랑해 마지않는 것이 행복이란 의미일 것이다. 간절한 소망, 애틋한 사랑, 그것이 바로 행이고 행복이다.

그래서 사람들은 행幸 자가 붙은 말을 좋아하고 앞서 소개한 것 외에도 행운幸運, 다행多幸, 천행天幸 등과 나란히 행복이란 말을 즐겨 쓴다. 이 행운이니 다행이니 천행이니 하는 말에는 요행의 뜻도 내포되어 있다.

그러나 행복에는 요행의 뜻이 포함되지 말아야 한다. 하긴 요행의 행복을 굳이 마다할 이유는 없다. 흔히 쓰이는 말처럼 '굴러들어온 복'을 구태여 차낼 것은 없다. 아니, 두 손 들고 환영해야 마땅할 것이다.

그러나 굴러 들어오는 요행의 행복만을 멍청히 손가락 빨며 기다릴 수는 없다. 멀뚱멀뚱 기다린다고 해서 반기는 얼굴로 찾아들 행복이 아닐 테니까. 설사 그런 행복이 있다 해도 아주 드물어서 있으나 마나일 테니까.

행복은 요행이 아니라 필연이어야 한다. 마땅히 얻을 것을 얻는 것이어야 한다. 그렇게 다짐을 두다 보니 행幸을 '바랄 행'으로도 읽는다는 사실을 떠올리게 된다. 그러나 소망만으로, 바라기만으로 얻어내는 것이 행복이어서는 안 된다. 소망하고 바라는 만큼 애를 쓰고 기를 써서 만들어내고 지어낸 것이 행복이어야 한다. 그러니 행운조차 만들어내고 지어낸 것이어야 한다.

그런데 행幸 자에는 수갑手匣이란 뜻도 있다. 행幸이 죄수들에게 채우는 수갑을 의미한다니 뜻밖이다. 그러나 일에 손과 마음이 묶인 채 외곬으로 지어내는 것만이 참다운 행복임을 이해한다면 행이 수갑을 의미한다는 사실을 수긍하게 된다. 그렇게 악착같이 매달려서 지어내고 억척같이 달라붙어서 만들어내는 것이 곧 행복임을 받아들이게 된다.

'러키'와 '해피', 영어에서 배우는 행복

"러키세븐Lucky Seven!" 흔히 쓰는 말이다. 원래는 야구 경기에서 7회에 행운이 찾아들어 공격진일 경우에는 점수를 많이 따고 수비진일 경우에는 선방을 많이 하는 것을 의미한다. 그래서 '러키'는 우연한 행운, 뜻하지 않은 재수 등을 가리키게 된다. 'by a lucky chance'는 '땡잡아서'와 같은 말로 호박이 넝쿨째로 굴러온다는 의미 정도 된다.

러키가 행운이고 요행이라면 해피는 행복이다. 'He is happy about his success'라면 성공에 만족해서 행복감을 느낀다는 의미이다. 그래서 해피는 기쁨이나 즐거움도 의미하게 된다.

그런데 해피는 뭔가 좋은 것을 의미하는 동시에 무엇인가에 열중하거나 취하거나 홀리는 것도 의미한다. 이것은 해피의 아주 긍정적인 면이다. 어쩌면 우리가 구하는 행복이 열정으로, 집념으로 실현되기도 한다는 의미이기 때문이다.

"행복하려면 정성을 쏟아라!"
"행복하려면 열정을 바쳐라!"

해피는 그렇게 말하는 것이다. 그래서 결국 행복은 열정이고 정성이 된다.

한편 러키나 해피와 뜻이 통하는 단어로 포춘fortune이 있다.

러키나 해피처럼 행복이나 요행을 의미하는 단어이다.

그런데 'merry a fortune'쯤 되면 완전히 다른 뜻을 갖게 된다. 문자 그대로 직역하면 '행복이나 요행과 결혼한다'인데 실제로는 사내가 돈 많은 여자와 결혼한다는 뜻이다. 그래서 '포춘'은 재산이나 돈이나 부富를 의미하게 된다. 돈이나 부를 행운으로 또는 행복으로 보기에 가능한 표현이다. 그래서 러키와 해피와 포춘은 행복이나 요행을 의미하면서도 각자 소금씩 다른 의미를 가진다는 사실에 유념하게 된다. 그중 행복이 돈이나 부와 겹치는 것은 그렇다 쳐도 열정이나 집념과도 겹친다는 점은 특히나 새겨두고 싶다. 뒤에서 우리말의 행幸을 자세히 살필 때도 마찬가지이다.

정복, 맑고 깨끗한 우리들의 행복

옛 사람들은 믿었으니

복은 신이 내리는 것.

그래서 강복降福이란 말을

인생의 로고로 삼은 것.

하늘에, 천지신명에

빌고 또 빈 것.

사람이면 으레 복을 구하고 탐한다. 복을 얻어서 누리기를 간절하게 바란다.

행복! 그 한마디는 인생 최대의 슬로건이고 로고이다. 인생의 지표이고 희망이고 욕구이다. 그래서 우리는 그것 때문에 살기도 한다. "왜 사냐면 복 때문에"라고 입을 모아서 소리를 지를 만도

하다.

'복을 타고난다'는 이 한마디! 태 속에서 나와 첫 번째로 터뜨리는 울음은 복을 갈구하는 외침일지도 모른다. 말을 배우려면 한참을 더 지나야 할 처지인데도 복을 바라는 소망이 울음소리에 사무쳐 있는 것 같다.

복은 인생의 첫 소원이자 마지막 소원이다. 그래서 까마득한 옛날 옛적에도 사람들은 이런 노래를 읊었다.

저 산기슭을 바라보니
나무들이 울창하다.
어진 그대 녹祿을 구하여
더욱 어질도다.

우거진 넝쿨은
나뭇가지에 엉키고
어진 그대 복을 구하여
더욱 어질도다.

중국의 《시경詩經》에서 고른 것으로 원래는 왕이나 군주의 덕을 기리고 있지만 여기서는 인품을 갖춘 착한 '그대'를 기리는 것으로 바꾸어보았다.

누구나 쉽게 알아차리겠지만 이 시는 우리가 바라는 복을 노래한다. 녹祿이라는 한자는 그 뜻이 조금 성가시다. 바람직한 것을 가리키는 외에도 행복, 즐거움 등을 의미하는 글자이기도 하다. 그래서 복록福祿은 행운과 맞먹는 말이다. 그런데 녹봉祿俸이라고 할 때의 녹은 완전히 다른 뜻이다. 녹봉은 요즘 말로 봉급俸給이나 월급 같은 것이니 이 경우의 녹은 돈이나 부를 가리키게 된다. 자산이 복이 되는 셈이다. 그래서 누구나 악착같이 돈을 모으고 부를 쌓으려 드는 것일까?

녹祿이 복을 의미하는 동시에 돈을 의미한다는 점은 오늘날 시사하는 바가 크다. 돈이 곧 복이고 복이 곧 돈인 것을 나 몰라라 고개를 저을 수 있는 사람이 몇이나 될까? 사람들 입에 흔히 오르내리는 '돈복'이라는 말에서 알 수 있듯이 돈은 바로 복이다. 그러다 보니 1,000년도 더 이전의 옛날 사람들이 이미 돈을 복이라면서 찬양해 마지않았던 것이다. 이것도 이른바 '선견지명先見之明'일까? 1,000년, 2,000년 앞을 미리 내다보는 밝은 지혜? 그것이 아니라면 정말 끔찍하다.

그런데 재미나게도 봉급의 봉俸은 요즘으로 치면 정부나 기업 등을 위해 일하고 받는 수당手當을 의미하지만 원래는 '적고 작은 것'을 의미했다. 중세 이전에는 수당이니 월급이라고 해봐야 쥐꼬리만 했음을 이 글자에서 알 수 있다. 그래서 오늘날에도 소시민들이 받는 봉급은 여전히 쥐꼬리만 한 것인지도 모른다. 그래서 봉급이란 것이, 월급이란 것이 그만 박봉薄俸이 되고 박급薄給이 되고 만 것인지도 모른다.

우리들의 복, 정복이란 것

그건 그렇고 화두를 다시 시로 돌려보자. 앞서 소개한 시에서는 임이라도 좋고 친구라도 좋고 가족이라도 좋을 그 누군가의 복록을 기리고 있다. 행운이며 행복을 빌고 있다.

그 복록이 울창한 숲과도 같고 우거진 넝쿨과도 같기를 소망하고 있다. 푸르고 싱그럽게 복이 무성해져서 그야말로 울울창창鬱鬱蒼蒼하기를 기원하고 있다. 상대방이 사랑하고 아끼는 사람이라면 누구라도 그처럼 복을 누리고 행운을 잡기를 비는 것은 당연한 일이다.

그러나 생각은 여기서 그치지 않는다. 행복이 넉넉하고 풍족하기를 빌되, 하필이면 숲과도 같고 넝쿨과도 같기를 비는 그 특이한 비유법에 관심이 쏠리게 된다. 그 비유는 단순히 복이 풍족하기만을 바라는 데서 그치지 않는다.

넝쿨과 숲에 견주어진 행복! 그것은 푸르고 싱그럽고 청정淸淨할 것이다. 청초하고 맑고 정갈할 것이다.

맑고 청초한 복! 깨끗하고 정갈한 행복! 정말이지 별난 생각이다. 누구나 품을 법한 생각은 아닌 것 같다. 모처럼 마음먹고 다짐 두어야 날 법한 생각이다. 그러기에 여기서 정복淨福이란 말을 떠올리게 된다. 정淨은 '맑을 정'이다.

　　깊은 산속 옹달샘 누가 와서 먹나요
　　새벽에 토끼가 눈 비비고 일어나
　　세수 하러 왔다가 물만 먹고 가지요

　깊은 산속 옹달샘의 물처럼 드맑은 복, 그것이 바로 정복이다.
　앞서 소개한 《시경》의 시는 싱그럽게 또 푸르게 가꾸어진 복을 노래하고 있다. 그런데 어떤 것이 그처럼 맑고 깨끗한 정복일까? 맑은 행복일까?
　여러 가지로 생각해볼 수 있을 것 같다. 한두 마디로는 안 될 만큼. 쉽지도 흔하지도 않지만 보람된 것일 듯하다.
　다른 사람에게 폐나 누를 끼치지 않고 스스로 뭔가 뜻있는 것을 일구어냈을 때 가슴에는 정복이 깃들일 것이다. 하지만 다른 길도 있을 것 같다. 마음을 깔끔하게 닦고 수양해서 얻어낼 충족감이나 만족감에도 정복은 어릴 것이다. 깊은 산속 개울가에 앉아서 청정한 물소리와 더불어 누리는 마음의 고요도 틀림없이 정복일 것이다.
　그러니 불교든 기독교든 종교와는 상관없이 어떤 신앙생활에도 정복은 깃들일 것 같다. 이른바 '템플 스테이'를 하면서 묵상에 잠기고 참선에 젖어들 때 거기 다소곳하게 정복이 어릴 것이다. 기독교라면 피정避靜은 둘도 없는 정복의 터전이 될 것이다.

피정이란 문자 그대로 세상에서 물러나서 고요 속에, 정적 속에 깊이 잠기는 것이다. 영어로 '리트리트retreat'라고 하는 것도 그 때문이다. 십자가에 못 박히기 직전 예수가 한때 몸을 숨긴 곳을 '리트리트'라고도 한다.

기도와 묵상을 통해 내면을 들여다보면서 깨끗하게 하는 한편 마침내 신과 하나가 되도록 고요하고 정갈한 곳으로 물러난다는 의미가 피정에는 담겨 있다. 하지만 신도가 아닐지라도 누구나 자신의 마음을 깨끗이 하고 그 마음속에 잠기는 명상이나 묵상을 피정이라고 불러도 크게 틀리지는 않을 것이다.

숲처럼 무성한 정복, 푸르게 맑게

그런데 앞서 인용한 《시경》에서 노래하는 정복은 종교나 묵상의 정복과는 차원이 다르다. 나무가 우거진 숲처럼 무성하고 이 곳저곳을 휘감은 넝쿨처럼 번성한 것까지 겸하고 있기 때문이다. 그것은 울창하고도 무성한 정복이다.

부를 누릴 대로 누리고도 얻을 정복!
이름을 날릴 대로 날리고도 갖출 정복!
권력을 잡을 대로 잡고도 가질 정복!

인간의 꿈인 이런 정복은 전혀 불가능한 것이 아니다. 마음씨가 곱고 행동거지가 올바르고 남들에게 베풀 만큼 베푼다면 누릴 것을 다 누리고, 갖출 것을 다 갖추고도 정복의 주인공이 될 수 있다.

최명희 씨의 거작인 《혼불》에는 그런 대지주집 마나님이 등장한다. 그녀의 곳간 문은 노상 열려 있다. 게다가 그 곳간 앞에는 빈 지게가 몇 개 놓여 있다. 식량이 떨어진 소작인이라면 언제든 찾아와서 굶지 않을 만큼 곡식을 지고 가라는 뜻이다. 이런 마나님이라면 갖출 것을 넉넉하게 갖추고도 정복을 누릴 것이 뻔하다.

앞서 녹이며 복이 울창하다고 노래하던 《시경》의 대목을 《혼불》의 마나님이 몸소 실천하고 있다. 그래서 《시경》이 읊은 대로 복을 누리고도 어진 것이다. 여기서 '어질다'로 번역한 대목은 원문에서 '불회不回'로 되어 있다. 회回는 물론 회전回轉의 회이다. 그러나 불회는 돌이키지 않거나 돌지 않는다는 의미가 아니라 어그러짐 없고 어김이 없다는 의미이다.

원문에는 복을 구하되 어그러짐이 없다는 의미인 구복불회求福不回로 되어 있다. 행복을 구하되, 정당하고 올바르다는 뜻이다. 정의로운 행복을 추구한다는 뜻이다. 앞에서 좀 둘러서 '어질다'로 해석한 것은 원뜻을 좀 더 강조하기 위해서이다. 어그러짐이 없으면 저절로 착하고 어질 테니까.

앞서 인용한 《시경》 〈대아大雅〉 편의 '한록旱麓'이란 시에서 우리는 복에 대해, 또 행복에 대해 배울 바가 정말 많다. 그러나 한 마디로 줄인다면 이것이 아닐까 싶다.

풍족하고도 드맑은 행복, 그래서 사람을 올바르게 만들어주는 행복!

이런 복이며 행복을 누리기는 쉽지 않지만 누구나 그런 복이며 행복을 누리고 싶을 것이다.

어질고 착해서 비로소 누리는 복

내친김에 《시경》에서 또 다른 복을 읽어내고 싶다.

신에게 바칠 나뭇가지
그 잎이 무성하다.
즐거운 군자여, 천하의 나라를 다스리는구나.
즐거운 군자여, 만복萬福이 모여드는구나.
주위의 수많은 동료들을 이끌도다.

《시경》〈소아小雅〉 편의 '채숙采菽'이라는 시이다.

얼핏 읽으면 어려운 말이나 표현이 없는데도 무슨 말인지 쉽게 알 수가 없다. 다만 군자의 품행이며 덕을 노래한다는 사실은 알

것 같다. 그리고 군자를 두고 만복을 말한다는 사실도 쉽게 알아
볼 수 있을 것이다. 인간만사를 읊고 있는 《시경》에도 만복이란
말은 이 대목에만 나온다.

만복이라면 인간이 누릴 1,000가지, 1만 가지의 다양한 복을
의미한다. 한편 발음은 만복이지만 글자는 다른, 또 다른 만복이
있다. 바로 晩福이다. 이 만복은 나이가 들어서야 누리는 복을 의
미한다. 말 그대로 노년의 복이라는 의미인 노복老福과 같은 말
이다.

그런데 이 시는 1만 가지의 복, 온갖 복이 굳이 군자에게 모여
든다고 읊는다. 그래서 군자는 낙樂을, 곧 즐거움을 맛보게 된다
고도 읊고 있다. 복락福樂이란 말이 있듯이 복과 낙이, 행복과 즐
거움이 짝을 짓고 있다. 욕심이 지나칠지 모르지만 이건 우리 모
두의 꿈이다. 복을 누리고 낙을 누리면 인생은 천국 같을 것이다.

하지만 그것이 군자의 몫이라고 이 시는 우기고 있다. 인품을
닦고 또 닦은 끝에 어질고 착하고 순하고 고운 마음씨를 갖춘 사
람이라야 복과 낙을 더불어서 누리게 된다고 말이다.

그러니 이런 복락은 물질적인 풍요나 경제적인 여유와는 아무
관계가 없다. 권력이나 명예와도 동떨어져 있다. 오직 인격이고 인
품일 뿐이다. 사람됨이 거기 있을 뿐이다. 이 시에서 이 대목을 놓
쳐서는 안 된다.

그런데 이 시는 복을 읊기 전에 잎이 무성한, 작柞이란 나무를

신에게 바치고 있다. 그것으로 복락이 군자에게 모이기를 빌고 있다. 착한 마음씨에 복과 낙이 모여들 듯이 거룩한 마음이라야 복과 낙을 누리게 됨을 암시하는 것이다.

그렇다. 복을 다지게 될 누구나 이 점을 마음에 아로새겨야 한다. 착하고 어진 마음, 그래서 거룩하기까지 한 마음이라야 복과 낙을 누리게 된다는 것을. 아니, 그 정도가 아니라 착하고 거룩한 마음 자체가 복이요 낙이란 점을 명심해야 한다.

행복의 다섯 가지 씨앗, 오복

복이라고, 행복이라고

모두 같지는 않은 법

가지가지, 여러 가지가 있으려니

복에는 다섯 가지가 있기에 이를 일러서 오복五福이라고 했다. 다섯 손가락을 꼽아가며 간절히 소망하는 그 오복이란 과연 무엇일까? 그것은 다름 아닌 수壽, 부富, 강녕康寧, 유호덕攸好德 그리고 고종명考終命이다.

수壽는 '목숨 수'로 장수, 곧 오래오래 사는 것을 의미한다. 부富는 말할 것도 없이 부자가 되는 것이다. 강녕康寧은 '편안할 강'에, '편안할 녕'이니 그냥 편안함으로 이해할 수도 있고 강이 건강健康의 강이라서 결국 '몸 편함'과 '마음 편함'으로 이해하게도 된다.

요컨대 건강과 안녕이라고도 할 수 있는 셈이다.

유호덕攸好德은 조금 성가신 말이다. 유攸는 '달릴 유', '아득할 유', '씻을 유' 등 여러 뜻을 가진 글자인데 여기서는 '닦을 수修'와 같은 뜻으로 풀이된다. 그래서 유호덕은 좋은 덕, 이를테면 착한 인격이나 품격을 닦고 수양한다는 뜻이 된다.

고종명考終命도 글자를 하나하나 캐고 들면 쉽지 않은 말이다. 고는 '사고思考한다'고 할 때의 그 고이지만 엉뚱하게도 '죽음 고', '마칠 고' 말고도 '수할 고', 이를테면 '장수할 고'로도 읽을 수 있다. 그래서 수고壽考니 고명考命이니 하면 살 만큼 살다가 삶을 마친다는 의미이기도 하다. 결국 고종명도 수고나 고명과 같은 뜻의 말이다.

오복의 글자 풀이가 길어지고 말았는데 그 다섯 가지 복 중에도 유독 관심을 끄는 말은 다름 아닌 유호덕이다. 오래 건강하게 부자로 사는 것은 누구나 소망하는 바이다. 당연한, 그렇고 그런 복인 셈이다. 하지만 덕을 닦고 인격을 수양하는 것을 복으로 삼는다는 것은 예삿일이 아니다.

좋은 인격이 복이라니 정말 특이하다. 물론 좋은 인품을 갖추면 저절로 마음이 편할 것이다. 욕심이 지워진 마음은 봄바람 마냥 푸근할 테니까. 남을 미워하지 않고 시기하지 않고 살갑게 대하면 자신의 가슴에는 청아한 가을 하늘빛이 어릴 것이다. 그 심정을 일러서 담연자약淡然自若이라고 한다.

그렇다면 대체 누굴까? 인간이 누릴 다섯 가지 복 가운데 유호덕을 넣은 이가? 그의 높은 덕을 칭송하면서 우리도 그런 칭송을 들을 수 있도록 애쓰고 싶다.

어느 황소의 고종명

그러다 보니 생각나는 것이 있다. 어느 황소의 이야기이다.

녀석은 무지막지했다. '나무처럼 단단하고 고슴도치의 가시처럼 뽀족하고 날카로운 뿔'로 무장한 이 황소는 천하무적이었다.

녀석은 다른 황소를 만났다 하면 싸움을 걸었다. 지는 법이 없었다. 녀석은 패배를 몰랐다. 그런 녀석이 사랑에 빠졌다. 다른 암소들보다 더 날씬하고 근육도 더 야무지고 더 귀엽고 어여쁜 젊은 암소에게 그만 넋이 빠진 것이다.

녀석은 다른 암소에게는 눈길 한 번 주는 법이 없었다. 일편단심으로 그 암소에게만 애정을 바쳤다. 그래서인지 녀석은 더욱 잘 싸우게 되었다. 사랑이 녀석을 더한층 강하게 한 것이다.

싸움과 사랑! 그 둘이 녀석의 목숨이었다. 어느 황소도 녀석의 적수가 될 수 없었다. 어떤 다른 암소도 녀석의 관심을 얻지 못했다.

녀석은 자신의 사랑을 빛내기 위해 더 무서운 황소와 상대하고 싶었다. 그러나 녀석을 대적할 황소는 없었다.

결국 녀석은 지금까지 상대했던 그 어떤 황소보다 강한 적수를 만났다. 스페인 최고의 투우사를 만나게 된 것이다. 녀석은 용감하고 당당하게 투우사와 싸웠다.

하지만 투우사를 당해낼 수는 없었다. 그는 워낙 뛰어난 투우사인데다가 날카로운 칼로 무장하고 있었다. 황소는 결국 투우사의 칼에 심장을 찍히고 만다.

녀석은 사랑하는 암소에게 부끄럽지 않게 최선을 다한 것을 자랑스럽게 여기며 숨져갔다. 천하무적의 용사답게 녀석은 떳떳하게 생을 마쳤다.

《노인과 바다》로 유명한 미국의 작가 어니스트 헤밍웨이Ernest Hemingway의 〈일편단심Faithful Bull〉이다. 원문 그대로의 줄거리는 아니고 주제를 더한층 살릴 수 있도록 살짝 각색한 것이다.

사랑하는 이를 위해 최선을 다해 싸우다가 평소의 용명勇名을 그대로 지키며, 아니 더한층 빛내며 녀석은 생을 마쳤다. 녀석의 마지막은 그야말로 고종명이라는 말에 어울리는 것이었다. 그는 꺾여서 오히려 빛이 난 것이다.

천복과 강복, 복은 하늘에서 내리는 것인가?

천복天福은 하늘이 내린 복이다. 강복降福도 하늘이 내린 복 또는 신이 내린 복이다.

흔히들 '복을 짓는다'는 말을 한다. 복은 인간이 짓고 만들어내는 것임을 그 말은 강조하고 있다.

복전福田, 곧 '복의 밭'이라는 말에서 복은 밭농사에 견주어져 있다. 복을 탈 사람 스스로 그 복에 어울리게 노력해야 한다는 뜻이 이 말에는 담겨 있다. 물론 복전이란 말은 문자 그대로 복이 자라고 거두어질 밭이란 뜻을 담고 있다. 그러나 그렇게 복이 자라고 수확되려면 밭을 가꾸고 일굴 사람도 있어야 하지 않겠는가.

그러니 복전은 누군가 자기 힘으로 밭을 일구어서 씨를 뿌린 다음 복이라는 수확물을 거둬들이게 된다는 것을 내세우고 있다. 요컨대 복전은 누군가가 복을 짓는 밭이다. 복은 만들고 창조하는 것이지 그냥 주어지는 것은 아니다.

그러기에 '복인福因'이란 말도 곧잘 쓰인다. 복인이란 '복을 누릴 원인'이라는 뜻이다. 복을 결과로서 향유하기 위해서는 그렇게 될 만한 원인을 만들어야 한다는 뜻에서 복인이란 말이 생겨난 것이다. 복과福果, 곧 복이라는 결과나 열매는 그에 상응하는 원인이나 동기가 있어야 열린다는 점을 복인이라는 단어가 일깨워주고 있다.

그런데 천복이니 강복이니 하며 하늘이 내릴 복을 말하는 것은 어찌된 영문일까?

물론 천운天運이라는 말도 있다. 하늘이 매겨준 운수요 운명이란 뜻이다. 복수福數란 말도 있다. 타고난, 아니면 얻어낸 복된 운수라는 말이다. 그러니 천복이란 말이 있어서 나쁠 것은 없다.

이렇게 따져보니 천복과 복전에서 복은 서로 대조적인 복이라는 것을 알게 된다. 같은 복이라도 하늘에서 주어지는 것과 스스로 만드는 것으로 갈린다. 그래서 천복의 복은 강복의 복이나 복수의 복과 짝이 된다.

뿐만 아니다. 복권福券이 당첨되었다고 할 때 그 복권의 복과도 짝이 된다. 그러기에 복권과 같은 뜻인 복표福票의 복 그리고 복첨福籤의 복과도 한패가 된다. 제비를 뽑아서 운 좋게 당첨當籤되는 것이 복첨의 복이다. 이때 첨은 대나무 꼬챙이로 만든 제비를 뜻한다.

그런데 하늘이 내리는 복과 스스로 짓는 복이 끝까지 서로 반대가 되게 할 수는 없다. 길을 가다가 돈을 줍듯이 운수 좋게, 우연하게 타는 복이 천복이나 강복이지만 순수하게 그런 복은 있을 것 같지 않다. 원칙적으로 우리가 누리는 복은 마땅히 스스로 지은 것이다. 하지만 그 복이 워낙 크다 보면 그 원인을 그만 요행수에 미루게 되고 하늘에 미루게 되는 것이다.

그러기에 천복도 강복도 필경은 인복人福이다. 사람이 스스로 애써서 지어낸 복. 복을 말하고 행복을 말할 때마다 이 점을 기억하고 싶다.

마루에는 복조리, 방에는 복덩이, 입에는 복쌈

그러니 사람들은 무엇엔가 기대어서 복을 지으려고 했다. 그런데 그 무엇인가는 짓는 것이면서도 타는 것이기도 했다. 바로 복조리와 복덩이가 대표적인 예이다.

조리는 곡식을 이는 데 쓰는 연장이다. 대오리를 삼태기와 비슷하게 엮어서 손잡이를 달면 조리가 된다. 이 경우 인다는 것은 소용에 닿을 것을 말끔히 골라내는 손짓이다. 가령 쌀을 인다면 잡것은 털어내고 쌀알만 깔끔하게 골라내는 것을 의미한다.

그런데 인생을 살고 세상을 살다 보면 별것을 다 일게 된다. 동료나 친구도 일게 되고, 사랑이며 미움도 일게 된다. 그러기에 인생살이에도 반드시 조리는 있기 마련이다. 조리질을 하기 마련이다.

그건 그렇고 조리는 부녀자들이 손때가 묻도록 일상적으로 쓰는 기구이다. 그런데 거기 복을 붙여서 복조리라니 대체 뭘까? 곡식을 일 듯이 복을 일어내는 조리일까? 불행은 다 떨쳐내고 행복만 가려서 챙기는 그런 조리가 있다면 오죽 좋을까!

복조리의 모양새는 보통 조리와 다를 것이 없다. 그러나 그것을 손에 넣는 일이나 관리하는 일은 여느 조리와는 다르다.

"복조리 사세요! 복조리!"

정초에 복조리 장수가 마을 안 고샅을 누비고 다니면서 외친다. 복조리 장수는 고운 청죽靑竹, 곧 푸른 기운이 도는 대나무 꼬챙이를 정갈하게 다듬어서 엮은 복조리를 팔러 다닌다. 파는 사람이나 사는 사람이나 흥정 없이 복조리를 사고파는 경우도 드물지 않다. 값을 매기면 부정을 탈지도 모르기 때문이다. 한 집안의 안주인은 그렇게 구한 복조리를 대청마루 기둥에 걸어둔다. 그러고는 아침저녁으로 그 앞에 고개를 숙이고 두 손을 비비며 기원한다.

"비나이다, 비나이다, 복이여 내리소서!"

복조리 앞에 고개를 숙인 안주인은 스스로 다짐을 둔다. 집안일에 힘쓰고, 식솔들을 정성껏 보살피겠다고. 다른 사람들에게 소홀함이 없도록 베풀겠다고. 그것이 바로 스스로 복을 이는 일임을 너무나 잘 알고 있기 때문이다.

그러기에 결국 복조리는 마음에 걸려 있는 셈이다. 대청마루 기둥에 걸린 복조리는 사실 마음 기둥에 걸린 것과 다를 바 없다.

젊은 안주인이 대청마루의 복조리에 두 손을 모으고 있는 바로 그때 방 안에서 문득 아기 울음소리가 들려온다. 안주인은 두 손을 깍지 긴 채로 부리나케 방으로 들어간다.

아기가 방 한가운데 누워 찡얼댄다. 안주인은 젖먹이를 일으켜서 품에 안고는 젖을 물린다. 아기가 젖을 빠는 소리가 방 안에 자우룩하게 번진다.

"아이고, 내 복덩이. 이 귀여운 것!"

엄마는 자신도 모르게 중얼댄다. 아니, 노래를 부르듯 읊조린다. 언제부터였을까? 젖먹이를 복덩이라고 부른 것은.

복덩이란 말은 복의 덩치, 즉 행복의 덩어리라는 뜻이다. 행복이 아기의 모습을 갖춘 것, 그것이 바로 복덩이다. 그러기에 젖먹이를 두고는 복성福星스럽다고 했다. 복성은 문자 그대로 복이 아우러져 빛나는 별이다. 복덕성福德星이라고도 하는데 목성을 칭송해서 일컫는 말이다. 복덕성은 사람들에게 복을 타게 해주는 별이라고 생각해도 좋을 것 같다. 그래서 아기가 예쁘고 복스러우면 아예 '복성스럽다'고 했다. 그 눈망울이 초롱초롱 별처럼 빛나기 때문이기도 했을 것이다.

복덩이는 저 혼자만 복을 갖춘 것이 아니다. 온 집안의 복으로 태어난 어린 목숨이 곧 복덩이다. 온 식솔, 온 가정의 복으로 태어나고 또 자라는 것이 다름 아닌 복덩이다. 요컨대 한 집안의 복덩어리인 셈이다. 그는 복단지며 복시루 위에 소슬하게 자리 잡고 있다. 하루하루 그가 자람에 따라 온 가족의 복도 쑥쑥 돋아오를 것이다.

그리고 찾아온 정월 대보름날 복조리가 걸린 대청마루에 이불에 싸인 복덩이를 눕히고 그 옆에 밥상을 차려서 온 식구가 복쌈을 싸 먹으면 더 바랄 것이 없다. 세 가지 복이 갖추어진 그 자리에서 밥상은 복상이 될 것이고 집은 복집이 될 것이다.

이제 더는 못 볼 그 정경이 아쉽다. 그렇다고 설마하니 우리에게서 복이 빠져나갈 리야 없겠지만 그 아쉬움, 달랠 길이 까마득하다.

복 자 타령을 부르자니

복이라는 글자는 만만치 않다. 하도 많이 보아서 눈에 익고 하도 자주 들어서 귀에 익었지만 그 뜻풀이는 간단하지 않다.

복福에서 시示를 뗀 복畐은 무엇인가 불룩한 것을 의미한다. 즉 가득 차고 넘치는 것을 의미하는 글자이다. 그중에도 특히 배불뚝이 술통을 가리키는 글자이다. 그러니 복福은 무엇인가가 불룩불룩 넘치도록 풍족함을 가리키는 글자이다.

그런 의미에서 복福은 부富와 다를 바가 없다. 부자富者, 부호富豪, 풍부豊富 등의 단어에서 알 수 있듯이 '넉넉할 부', '부자 부'도 불룩하고 넉넉하고 풍족한 것을 의미한다. 그래서 부富와 복福은 서로 맞통해 있다. 부가 곧 복이고 복이 곧 부인 것이다.

물론 부와 복이 한 동아리가 되기도 할 것이다. 그러나 부가 복의 절대조건이 될 수 없다는 사실도 명심해야 한다. 부가 오히려 복을 이지러뜨리는 경우도 있기 때문이다.

배불뚝이 술통을 의미하는 복畐에 시示가 붙어서 복福이 되면 사람들이 신령에게 술을 차려놓고 무엇인가 비는 것을 의미했다. 그런데 신령이 사람들에게 줄 것은 만족스럽고 바람직한 그 무엇일 것이라는 의미에서 복福은 그만 행복의 복이 되고 말았다.

'복되다', '복스럽다', '복 받는다', '복을 탄다' 등 하고 많은 말들이 그래서 생겨난 것이다. 한편 복 자가 앞이나 뒤에 붙은 수많은 한자어가 파생되기도 했다. 이는 천복, 강복, 오복 등 앞서 소개했던 복 자가 붙은 수많은 낱말로도 짐작할 수 있을 것이다.

그러나 여기 소개되지 않았지만 복 자가 붙은 한자어는 어마어마하게 많다. 아마도 사람들이 그만큼이나 간절하게 복을 소망했기 때문이리라.

복리福利, 복지福祉, 복덕福德, 복덕방福德房, 복음福音, 복부인福婦人 등 하고 많은 말들이 사람들 입길에 오르내린다. 이중 새삼 그 뜻을 풀이해야 할 단어는 없을 것 같다.

이렇게 복 자가 들어간 단어 중 흉하거나 궂은 뜻을 가진 말은 없다. 다만 복부인 하나가 좀 말썽이지만. 이른바 부동산 투기에 재미를 붙여서 나부대는 여자를 비아냥대는 말이 다름 아닌 복부인이다. 그런데 복부인에는 재미있는 이야기가 붙어 다닌다.

최근의 일이다. 저승 입구에 죽은 사람들이 줄을 서 있었다. 누가 천국에 가고 누가 지옥에 갈지 염라대왕에게 판결을 받기 위해서였다.

드디어 어느 중년 부인이 판결을 받을 차례가 되었다. 그녀는 다른 사람들과 마찬가지로 국적과 주소와 이름 등을 대고는 염라대왕 앞에 섰다. 그런데 감히 염라대왕 앞에서 한 손은 등 뒤로 숨기고 있는 것이 아닌가. 염라대왕은 기분이 나빴다.

염라대왕은 등 뒤로 숨긴 손을 앞으로 내밀라고 했지만 여자는 머뭇거렸다. 참다못한 염라대왕은 결국 부하들을 시켜서 억지로 그녀의 팔을 앞으로 내밀게 했다. 그러자 그 손에는 종이 뭉치가 들려 있었다.

"서류나 문서 같은데 이리 내놔."

염라대왕의 부하가 그 종이 뭉치를 빼앗아서 펴보았다. 그런데 이게 무슨 일? 뜻밖에도 그것은 지적도였다. 그것도 지옥의 지적도.

이 복부인은 자신이 지옥에 갈 것을 각오하고 거기서도 부동산 투기를 하려 한 것이다. 무서운 집념이다. 이런 것도 '일편단심'이라고 할 수 있을지는 모르지만 어쨌든 복부인의 본성이 드러나 있는 이야기이다.

한편 복자가 붙은 한자어 중에는 우리가 자주 쓰지 않는 것들도 많다. 복상福相이면 복을 받을 얼굴상이다. 복일福日은 복을 누릴 날이고 복수福數는 복을 받을 운수이고 복수福水는 술의 별명이다.

술을 축복받은 물이라는 의미의 복수라고 부르는 것은 여간 얄궂은 것이 아니다. 주독酒毒이라는 말이 있듯이 술을 지나치게 마시면 몸에 독이 오를 텐데 굳이 복의 물이라고 부르다니? 모르기 해도 주태백酒太白, 곧 술태백이란 별명이 붙은 이태백李太白의 기막힌 발상일지도 모를 일이다.

그런데 복 자가 붙은 묘한 말은 또 있다. 복당福堂이 바로 그것이다. 얼핏 복을 받은 집쯤으로 받아들여질 법한 이 말은 엉뚱하게도 감옥을 가리킨다. 옥방獄房을 복당이라니 이건 아무래도 역설이고 반어, 곧 아이러니가 아닐 수 없다.

하지만 다르게 풀이할 수도 있을 것 같다. 누군가 뜻하지 않게 죄를 짓고 옥살이를 하면서 뉘우친다고 치자. 진심으로 죄를 빌면서 참회했다고 치자. 그렇다면 그는 옥살이를 마치고 새사람으로 거듭날 수 있을 것이다. 그럴 경우 감옥은 뜻밖에도 그에게 복을 베푼 셈이고, 그래서 감옥은 문자 그대로 '복당'이 되기도 할 것이다.

그런가 하면 기막히게 좋은 의미로 복 자가 붙은 한자어도 있다. 복전福田이 그렇다. 불교에서 자주 쓰이는 이 말은 문자 그대로는 복을 짓는 밭이라고 해석할 수 있을 것이다. 불교에서는 실제로 그런 뜻으로 쓰고 있다. 그런데 복전, 곧 복의 밭에서 농사를 짓듯이 복을 짓는 방법에는 세 가지가 있다.

첫째는 부모 공양으로 효도를 다하는 것이다. 둘째는 삼보三寶 섬기기로 사찰과 부처와 스님을 섬기는 일이다. 스님 대신 불교의 진리가 꼽힐 수도 있다. 그리고 셋째는 매우 교훈적이게도 가난한 사람을 돕는 것이다. 나보다 처지가 못한 남을 위해 무언가를 베풀고 딱한 처지의 남을 위해 몸을 바치는 것이 복전에서 복을 짓는 세 번째 방법이다.

이 경우에 딱 들어맞는 말이 있다. 바로 '복선화음福善禍淫'이라는 사자성어이다. 착하고 선하면 복을 타고 악하고 못되면 화를 입는다는 의미이다.

복선이라는 말은 사람됨이 착하면 다른 사람들을 아끼고 베풀기 마련이며 결국에는 그 덕에 복을 얻게 됨을 알려준다. 복은 곧 착함이나 선량함이고, 착함이나 선량함은 곧 복인 것이다.

불교가 가르치는 복 짓기나 복선에 내포된 의미는 이타심利他心, 곧 다른 사람을 위하고 돌보는 마음가짐에서 복이며 행복이 우러난다는 사실을 일깨워준다. 그래서 다른 사람의 이득을 앞세우는 마음이 곧 복 짓기의 근본이라는 생각이 담긴 복전이나 복선이라는 단어를, 복 자가 붙은 수많은 한자어들 가운데서도 특히 높게 쳐주어야 할 것이다.

행복밭에서 어떤 열매가 열리는가?

앞에서 복 자가 붙은 말들을 여럿 살펴보고 그 뜻을 캐면서 실제로 어떻게 쓰이는지도 짚어보았다. 그러면서 저절로 알게 된 사실은 앞에 붙든 뒤에 붙든 복 자가 붙은 말들이 엄청나게 많다는 점이다. 단정 지을 수는 없지만 이렇게 다양하게 쓰이는 글자가 복 자 외에 또 얼마나 있을까 싶다. 좀 과장하면 옥편이나 사전은 복 자 천지라고 해도 될 것 같다.

그것은 그만큼 우리가 복을 탐내고 노리고 벼를 뿐만 아니라 갖고자 하고 누리고자 한다는 의미일 것이다.

옥편에서 복福은 그냥 '복 복'으로 풀이되어 있다. '찰 복'이나 '갖춰질 복'이라고도 풀이되지만 그 앞에는 반드시 '복 복'이라는 풀이가 따라붙는다.

가령 금金 자의 경우 옥편에는 '쇠 금'으로 풀이되어 있다. 순우

리말의 풀이가 앞서 있는 것이다. 목木을 '나무 목', 수水를 '물 수'
라고 하듯이 말이다.

그런데 복 자의 경우 우리말 풀이보다 '복 복'이라는 풀이가 앞
서 나온다. 이는 복을 설명할 만한 순우리말이 없다는 증거이다.
다시 말해 중국에서 빌려온 말이면서도 마치 순우리말처럼 널리
쓰인 말이 바로 복인 것이다.

그뿐만이 아니다. 복지福地나 복토福土가 그렇듯이 복 자로 시
작되는 낱말이 사전에만도 서른을 넘는다. 그런가 하면 천복, 오
복같이 복 자가 꼬리로 붙은 낱말 또한 열 개를 넘는다. 도합 마
흔 개 이상의 복 자 돌림 낱말이 세를 떨치고 있는 셈이다. 우리
한국인은 그토록 복에 들려서 살아온 것이다. 귀신 들리듯이 복
에 들려 있다고 해도 지나친 말은 아니다.

한편 '복을 타다'라는 복합동사가 그렇듯이 복에 순우리말 동
사를 붙인 합성어의 수도 만만치 않다. '받다', '누리다', '갖다', '챙
기다', '타다', '얻다', '지니다', '짓다' 등은 우리가 흔히 복과 어울
려 쓰는 말들이다.

더불어 '복스럽다', '복성스럽다', '복되다' 등의 형용사도 자주
쓰인다. 또 '복조리', '복쌈', '복덩이'처럼 순우리말과 합성된 명사
도 많다. 우리말 구석구석에서 복은 융숭하고 또 기승하고 있다.
한국인의 마음에서, 또 가슴에서 복은 큰 자리를 차지하고 있다.

그렇게 복이 들어가는 수많은 단어 중 특히 관심이 가는 것이

바로 앞에서도 살펴보았던 복전이다. 복토나 복지처럼 땅을 두고 만들어진 복전은 복토나 복지가 누리지 못할 영화와 권세를 누릴 만하다. 복토나 복지는 자연 그대로의 땅이나 토지일 수 있지만 복전은 그렇지 않기 때문이다.

복전은 문자 그대로 '복의 밭' 또는 '복 밭'이다. 밭은 농작물을 길러서 수확하는 땅이다. 우리가 노력한 만큼 소득을 거둘 수 있는 곳이 바로 밭이다.

복의 밭인 복전도 마찬가지이다. 밭은 그냥 생기지 않는다. 누군가 일구어서 가꾸어야 한다. 가을걷이를 하려면 씨를 뿌리고 거름을 주고 김을 매야 한다. 그렇게 애를 쓰고 땀을 흘린 딱 그만큼만 수확을 낼 수 있다. 복전도 마찬가지이다. 밭에서 농사를 짓듯이 복전에서 복을 지어야 한다.

그런데 그 복전은 크게 보아서 두 가지이다. 하나는 우리의 마음이고 다른 하나는 우리의 일상이다. 물론 이 둘은 하나로 어울릴 수도 있을 것이다.

마음의 복전을 말할 때는 무엇보다 마음이며 심성이 야무지고 다부져야 한다. 하지만 그보다 먼저 마음이 착하고 어질어야 복을 짓게 된다. 남들에게 양순하고 남들에게 베풀어야 한다. 그래야 우리는 복을 짓고 행복을 누리게 된다.

자신도 넉넉하지 못한데 한두 푼 모아 자선단체에 기부할 때 그가 맛보는 행복감은 이루 말로 형용하기 어려운 것이다. 바로 그때 그의 가슴은 복전이 될 것이다.

　그러기에 일상의 삶을 다듬고 일구는 것은 중요하다. 하루하루의 삶을 맑고 조촐하게, 깔끔하고 알뜰하게 가꾸면 삶 자체가 복전이 될 것이다. 일상을 수양하듯이 살아간다면 더 바랄 바 없는 풍성한 복전을 이룰 것이다.

복 짓기, 행복의 창조

　그렇다면 짓기란 뭘까? '짓는다'는 말은 무엇을 뜻하는 걸까?

　주부들은 밥을 짓고 옷을 짓는다. 학생들은 글을 짓는다. 대목大木들은 집을 짓는다. 건설사는 아파트를 짓는다. 농부는 농사를 짓는다. 여기서 짓기는 모두 뭔가를 만드는 일을 의미한다.

　뿐만 아니다. 아기가 웃음을 짓는다. 두 사람이 짝을 짓는다. 말을 하다 결말을 짓는다. 일하다가 매듭을 짓는다. 약국에서는 약을 짓는다. 이들 여러 말에서도 짓기는 만든다는 의미를 갖는다.

　그런데 좀 묘한 짓기도 있다. 지어낸 이야기라고 하면 좋은 뜻으로는 이야기를 새로 만들어낸다는 소리이지만 흉한 뜻으로는 짐짓 꾸며낸다는 뜻이 된다. 심지어는 거짓으로 둘러대는 것을 의미할 수도 있다.

　하지만 이야기를 꾸며낸다는 의미의 짓기를 제외하면 대개 짓기는 뭔가를 만들고 창조하는 행위이다. 짓기는 그런 바람직한 뜻을 가지고 있다.

하지만 '복 짓기'의 짓기는 조금 색다르다. 물론 이때의 짓기도 만들기이고 창조이다. 그러나 집이나 옷이나 밥 등을 짓는다고 할 때는 짓기의 대상이 눈으로 확인할 수 있을 만큼 구체적이다. 그러나 복 짓기의 복은 그렇지 못하다. 다분히 추상적이고 또 관념적이다.

그런데 우리 한국인은 누구나 복을 짓고자 한다. 삶의 의미며 보람이 거기 걸려 있다. 인생의 행복, 그것이 바로 짓기의 대상이 된다. 여기 소개한 갖가지 짓기의 대상과 대충 그 뜻이 겹쳐지는 한편 그런 것들과는 다른 뜻도 갖추고 있다.

그건 그렇고 우선은 여러 짓기 가운데 몇 가지만 따로 따져볼까 한다.

두어 세대 전만 해도 부엌에서 어머니가 밥을 짓는 기척은 곰상곰상했다. 곰상스러웠다. 그것은 온 집안의 안녕과 평화를 지어내는 기척으로 고여 있었다. 먹어서 배가 부르기 전에 마음이 먼저 충족했다.

우리는 글을 짓는다. 그것이 극진한 뜻을 담을 때 새로운 마음의 세계, 정서의 경지를 빚어낼 수 있을 것이다.

물론 글 쓰는 사람 혼자만의, 다른 사람과는 비길 데 없는 혼자만의 생각을 담을 수도 있을 것이다. 그러나 그 글은 사막 속에 나뒹구는 바윗덩이처럼 혼자 외떨어진 것일 수는 없다. 어떻게든 다른 사람의 글과 여러 모로 얽힐 것이다. 이 세상에 오직 혼자만

의 발언은 있을 수가 없다. 세상 사람들의 말은 언제나 우리의 것
이다.

나는 그에게 말했다.
"사람은 더불어서 일하는 거야. 함께 일하든 따로 일하든 말이야."

미국의 위대한 서정시인 로버트 프로스트Robert Frost가 〈꽃다
발Tuft of Flowers〉에서 읊은 이 멋진 구절은 글짓기에도 해당될 것
이다. 인간이 하나의 동아리요 공동체라는 사실을 우리는 글짓
기에서 알알이 경험하게 된다.
그런 것이 글쓰기이다. 그러나 궁극적으로는 같은 생각이라 해
도 각자가 쓰는 그때그때의 글은 그 나름의 울림과 메아리를 지닐
것이다. 남들은 고개를 들고 바라본 것을 고개를 숙이고 바라볼
수도 있다. 남들은 스쳐지나간 대목을 꼬집고 늘어질 수도 있다.
이렇게 남들과 비슷하면서도 어딘가 다르게 쓰는 것, 그것이
바로 글짓기이다. 그래서 글을 짓는다고 할 때는 그 사람만의 사
상이나 생각을 빚어낸다는 뜻이 된다. 그와 동시에 남들과 같은
생각을 나누어 갖는 것이 바로 글짓기가 된다.
이처럼 짓기는 여러 속성, 여러 모습을 갖추고 있다. 마찬가지
로 복 짓기 역시 여러 개성을 지니고 있다. 복 짓기는 밥 짓기나
글짓기처럼 만들기이고 창조이되, 그 나름의 색깔을 갖추고 있기

마련이다.

그 외의 짓기는 대개 손으로 짓고 몸으로 짓는 것이다. 이를 테면 우리 인간이 '호모파베르Homo faber', 곧 공작인답게 뭔가를 손으로 만들어내는 것이 바로 짓기이다. 그러나 복 짓기는 우리가 손으로 만들어내는 '호모파베르'에, '호모사피엔스Homo sapiens', 곧 머리로 생각하고 궁리하는 존재를 겸할 때 비로소 누리게 될 짓기이고 만들기이고 창조이다. 복 짓기는 몸으로도 하지만 그보다는 머리와 가슴으로 하는 몫이 훨씬 크기 때문이다.

씨 뿌리고 거두어들이게 하는
따스한 태양이 다시 돌아와
고요한 숲을 찾으며
들판에 맨 먼저 피는 꽃을 바라보는 즐거움.

숲 사이 빈터에도 가득 찬 밝은 햇살
이제는 폭풍우를 몰고 올
검고 짙은 구름도 없는
나는 이 시절을 좋아한다.

눈 녹아 부스러진 흙으로부터
어린 나무들 맘껏 양분을 빨아들여

겨울 추위에 웅크렸던 나무들도
또다시 생기를 얻는다.
(…)
아름다운 4월이여!
가슴에 파고드는 수만 가지 생각들이여!
가을이 찾아와 인생의 황금 열매 떨어지기까지
그대들 멈추지 말아다오.
— H. W. 롱펠로, 〈4월의 하루An April Day〉에서

이처럼 대자연에 바치는 찬미 속에도 복은 깃들인다. 4월의 봄날에 숲과 들에서 다듬어지는 "수만 가지 생각들", "가을이 찾아와 인생의 황금 열매 떨어지기까지 멈추지 말아다오"라고 손을 모아서 빌고 또 빈 그 생각, 그것이 곧 복이고 행복이다.

그렇게 온몸으로, 온 가슴으로, 온 진심으로 무엇엔가 곱게 도취하는 일, 그래서 즐거움에 젖어드는 일, 그것이야말로 여러 복 짓기 가운데 으뜸일 것이다.

복전, 복돈으로 맞는 새해

설날 아침이다. 새해의 새 태양이 온 대지에 축복을 내리고 있다.

그 축복에 마음을 설레면서 꼬마들의 종종걸음이 사뭇 가볍다. 휘젓는 팔다리가 상쾌하다. 그들은 지금 세배를 다니는 길이

다. 일가친척들께 세배를 올리는 것이다.

그런데 그들의 허리춤에 유달리 달랑대는 것이 눈에 띈다. 동그란 주머니 같은 저것이 뭘까?

그건 돈주머니이다. 세뱃돈 주머니. 세배를 올리고 받을 돈을 챙겨 넣을 쌈지이다. 개중에는 비단으로 곱게 다듬은 것도 있다. 주머니는 여자 아이들의 색동저고리 밑자락에서 한층 곱게 돋보인다.

그런데 그 주머니들은 그냥 주머니가 아니라 복주머니이다. 하긴 세뱃돈을 챙겨 넣으니 곧이곧대로 말하면 돈주머니겠지만 굳이 '복주머니'라고 했다. 복을 담는 알뜰한 주머니 말이다.

복주머니를 찬 꼬마들이 이웃에 사는 일가의 사립에 들어선다. 그리고 대청마루에 올라선다. 집주인은 이미 방 안에 점잖게 자리 잡고 있다.

열린 문 너머로 아이들이 절을 올린다. 고개는 마룻바닥에 처박고 엉덩이는 하늘로 추켜들고는 큰절을 올린다.

"옜다! 복전이다. 다들 복 받아라!"

세배를 받은 어른이 즐거운 듯 크게 소리친다. 그 어른이 수복강녕壽福康寧, 이를테면 건강하게 장수하며 편안함을 누리는, 복 받은 노인이라면 그가 건네는 복전의 의미는 더 커지기 마련이다.

그가 동전 몇 푼을 꼬마들이 깔고 앉은 방석 앞에 내민다. 꼬마 중 대장인 녀석이 온 얼굴에 웃음을 가득 품고는 동전을 받아

다른 아이들의 손에 쥐여준다.

이 복스러운 복전, 복 받을 복전!

지금은 어디로 갔을까? 요즘 세상에 복전은 자취를 감췄다. 덩달아 복도 사라질 것인가?

복돈은 돈 자체가 복이라는 의미이다. '돈복'이란 말로도 복돈의 의미는 쉽게 짐작할 수 있다. 모르긴 해도 물건을 가리키는 순우리말 명사가 앞에 붙고 복이란 말이 뒤에 붙어서 만들어진 복합어는 '돈복' 말고 별로 없을 것이다. 돈복은 그만큼 흔하지 않은 말이다.

그런가 하면 복돈은 복을 가져다줄 돈을 가리키기도 한다. 줄줄이 어디선가 복을 물고 올 것으로 기대되는 돈, 그것이 곧 복돈이기도 하다.

아이들은 어른에게서 세뱃돈으로 받은 복전을 복주머니에 챙겨 넣는다. 돈만 넣는 것이 아니다. 돈과 함께 복도 주머니에 함께 넣어지기 마련이다. 그래서 복주머니는 복을 얻어내는 주머니가 되기도 한다. 아이들은 그렇게 자신들의 복주머니에 복을 얻어서 챙긴다.

이렇게 이미 복을 누릴 만큼 누리는 어른과 바야흐로 많은 복을 타게 될 꼬마들 사이에 복의 주고받음이, 복의 베풂과 얻기가 이루어진다.

바로 이것이 새해맞이다. 한국인은 이처럼 복을 전하고 받는 것으로 새해를 시작했다. 이런 새해맞이 전통이 잊혀지지 않고 이어지기를 바란다.

'복을 탄다'는 그 말은?

복이라는 글자에 적잖은 수의 순우리말 동사가 붙어서 복합동사를 이룬다. '복을 타다'라는 말도 그중 하나이다.

이때 '타다'라는 동사는 여러 의미로 쓰이기 때문에 그 뜻을 풀기가 쉽지 않다. 학생은 상을 타고 직장인은 월급을 탄다. 머리 좋은 사람은 재주를 타고난다. 그런가 하면 좋은 기회를 잡는 것은 '때를 탄다'고 말한다. 여가를 잘 이용하면 '틈을 탄다'고도 한다. 뿐만 아니라 운명이나 팔자를 타듯이 복도 탄다고 말한다.

그런데 '복을 타다'라고 할 때 '타다'는 두 가지 의미를 갖고 있다. 하나는 '얻다'와 큰 차이가 없다. 이는 상을 탄다고 할 때의 그 타다와 같은 의미이다. 다른 하나는 팔자를 타고난다고 할 때의 타다와 같은 의미이다. 태어날 때 이미 유전자를 타고나듯이 복을 타고난다는 뜻이다.

이 둘을 합치면 '복을 탄다'고 할 때의 그 타기는 운명으로 얻어걸린다는 의미와 비슷해진다.

가령 별로 애쓰지 않고도 남부럽지 않게 잘산다고 치자. 잘 먹고 잘 입고 잘 산다고 치자. 그저 남들만큼 애썼는데 운 좋게 벼슬을 꿰찼다고 치자. 또는 신경 쓰지 않아도 하는 일마다 척척 뜻대로 이루어진다고 치자.

어느 경우에나 본인의 노력 이상으로 운수가 대통했다면 사람들은 그를 두고 복을 타고났다고 말한다. 이 경우 복은 운수나 요행수와도 비슷한 의미를 갖는다.

요행은 다시 자세히 살펴보겠지만 한자로 요행僥倖 또는 요행僥幸이라고 쓰며 여러 의미를 내포한다. 그중에는 '분외로 얻은 행복'이란 뜻이 포함되어 있다. 여기서 분외라는 말은 자기의 분수나 됨됨이 이상이라는 의미이다.

그러니 요행은 뭔가 당돌한 행운이란 뜻을 갖게 될 것이다. 별로 좋은 뜻은 아니다. 복도 누리기 따라서, 간수하기 따라서 요행과 다름없는 복이 있을 수 있다. 특히 '복을 탄다'라고 할 때의 복이 여기 해당한다.

그런데 이럴 때 저절로 떠오르는 말이 있다. 바로 '복이 터진다'이다. 막혔던 것, 고였던 것이 갑자기 터지듯이 복이 난데없이 닥치는 것이 바로 '복 터짐'이다. 한자로는 발복發福이란 말과 가장 비슷할 듯하다.

사람들은 날벼락을 맞듯이 난데없이 복을 맞고 싶어 한다. 폭탄이 터지듯이 복이 쏟아지기를 바란다. 그것이 곧 복 터짐이고 발복이다.

복을 타되, 느닷없이 타는 것이 곧 복 터짐이다. 타는 복이 가장 극적일 때 복이 터진다고 한다. 그렇게 복이 터지는 것이 다름 아닌 운수대통이다. 그래서 복은 운수와 같아진다. 그것이 복 타기이다.

그러나 복 타기가 공짜일 수는 없다. 감나무 밑에 누워서 떨어지는 감을 입으로 받아먹는 것과 같을 수는 없다. 가령 감나무 밑에서 감을 받아먹는다고 쳐도 그전에 먼저 감이 떨어질 자리를 골라 미리 누워야 한다. 다시 말해 제 할 일은 하고 기다려야 한다는 말이다.

복 타기가 아무리 요행수고 우연이라도 어느 정도 본인의 노력은 있어야 한다. 그래서 복 타기도 복 얻기도 짓기라야 한다. 창조라야 한다.

처복, 아내 복도 있는 법

친가親家, 외가外家 그리고 처가妻家, 이 셋을 한국인의 삼가三家라 해도 좋을 것이다.

같은 성씨로 같은 부계父系의 핏줄을 타고난 가족, 곧 친족親族끼리 친가를 이룬다. 어머니의 친정 집안이 외가이다. 아내의 친정 식구들은 처가를 이룬다. 한국인은 이렇게 친가, 외가, 처가를 이른바 일가친척 삼아서 살아왔다.

한국인에게 그 셋은 삶의 둥지였고 터전이었다. 이 셋은 아주 개성 강한 한국인다운 인간관계이다. 그런 얽히고설킨 인간관계의 울타리 속에서 한국인은 삶을 지탱해왔다. 그 울타리 안에서 우리 한국인은 비로소 자기다울 수 있었다. 그 삼가의 테두리 속에서 나는 내가 될 수 있었던 것이다.

"어려서는 외가 덕에 살고 어른이 되고는 처가 덕에 산다."

이것이 한국 남성의 자화상이었다. 친가의 왼편에 외가가 자리하고 오른편에 처가가 자리해야 비로소 한국인은 제대로 가족을 일굴 수 있었다.

이를 한국의 '집안 삼위일체'라고 불러도 좋을 것이다. 친삼촌 섬기듯 외삼촌과 처삼촌을 섬기고 친사촌과 정을 나누듯이 외사촌이며 처사촌과 정을 나누어왔다. 그러기에 외가 덕을 입듯이 처가 덕도 보기 마련이었다.

그러니 처덕妻德이니 처복妻福이 유별날 수밖에. 아내의 덕을 보면서 처덕을 일컫고 아내로 인해 복을 누리면서 처복을 칭송했다.

물론 아내라고 노상 고운 대접만 받는 것은 아니다. 처성자옥妻城子獄이라는 무시무시한 말도 있지 않은가. 자식이 감옥이면 아비는 옥살이하는 죄수와 같다고 했으니 아내를 성에 견준 것도 좋은 뜻은 아니었다. 아내가 성이면 남편은 성에 갇힌 병졸에 불과하기 때문이다. 이 경우 성은 감옥과 다를 바가 없고 남편은 문자 그대로 엄처시하嚴妻侍下 신세가 되고 만다. 남편은 엄격한 아내의 시중을 드는 몸종 꼴이 되고 만다.

그런데도 우리는 처덕이란 말을 써왔다. 뿐만 아니라 처복을 내세워왔다. 남편 복을 의미하는 부복夫福이라는 말은 사전을 아무리 뒤져도 나오지 않는다.

새 신부를 맞은 뒤 우연찮게 운이 트이고 살림이 늘어서 온 집안에 화색이 돌면 그것을 아내의 덕으로 받아들여 처덕과 처복이라는 말을 썼다. 아내가 시집오면서 가져온 재산, 곧 처재妻財가 있다면 더 말할 것도 없다.

이 경우 공연히 아내의 덕을 바란다고 흉잡아서는 안 될 것이다. 처덕이나 처복에는 아내에 대한 경의와 애정이 어려 있다고 받아들이고 싶다. 누구나 알다시피 우리 조상은 이른바 가부장제家父長制 사회를 지켜왔다. 그래서 전통 사회는 부권夫權 사회이고 남권 사회였다.

하지만 그런 전통 사회를 지키기 위해서는 가정이 존중되어야 했고 그러자니 아내는 제 몫을 다해야 했다. 가정을 새로 꾸리면 남편이 한쪽 날개가 되고 아내가 또 다른 한쪽 날개가 되어야 한다는 사실을 지혜로운 우리 조상이 몰랐을 리 없다.

그래서이다. 처덕이 회자되고 처복이 칭송된 것은.

복, 타는 걸까 짓는 걸까?

우리는 앞에서 '복을 탄다'는 말과 '복을 짓는다'는 말을 살펴보았다. 그런데 이 두 말은 곰곰이 생각해보면 서로 모순되는 것처럼 보인다.

‘복을 탄다’고 하면 태어날 때 사주팔자로 복을 지니고 있다는 뜻이니 복은 운수가 된다. 반면 ‘복을 짓는다’고 하면 애쓰고 힘써서 복을 만들어낸다는 뜻이 된다. 그래서 짓는 복은 창조하는 복이 된다.

복 짓기의 복은 각자의 노력 여하에 따라 얻거나 잃을 복을 의미한다. 그러나 반드시 노력에 비례해서 복이 찾아오는 것은 아니다. 때로 노력이 오히려 화가 되는 것이 바로 사람 사는 이치이다.

노력과 복은 일대일로 맞물려 있지 않다. 즉 짓는다고 지어지는 것이 복이 아니라는 의미이다. 짓다가도 놓칠 수 있는 것이 바로 복이다.

이처럼 마음대로 안 되는 것이 복이다 보니 사람들은 복을 타고나는 것으로 여기게 되었다. 그래서 ‘복은 타고난다’는 속담이 사람들 입에 오르내리게 된 것이다. 즉 복은 얻어내거나 주어지는 것이다.

‘사주를 잘 타고난다’고 하거나 ‘때를 잘 타고난다’고 할 때의 ‘타다’는 ‘복을 탄다’의 ‘타다’와 같은 의미일 것이다. 이들 세 가지 말은 ‘운수가 좋다’는 말과 맞통해 있다.

그러기에 ‘복을 탄다’는 말은 ‘부모를 잘 만난다’는 말과도 관계되어 있다. 남부러울 것 없는 부잣집에 태어나는 것이 곧 부모 잘 만나는 것이다. 운명이 복의 기틀이듯이 부모가 그렇기도 한 것이다.

이렇게 ‘복을 타다’를 따지고 들다 보면 그 의미가 ‘복을 짓다’와는 사뭇 다르다는 것을 거듭 확인하게 된다. 그토록 우연이나 운수의 몫이 ‘복을 타다’에서는 커지게 된다. 이는 복을 짓는다고 지어도 그 노력만큼 복이 듬뿍 주어지지는 않는다는 의미일 것이다. 일방적으로 복을 받게 되는 경우는 없다는 의미일 것이다.

그런데도 우리는 ‘복 받을 짓’이란 말도 곧잘 써왔다. 이 말은 주로 두 가지 경우에 쓰이고 그 두 가지 모두 복이 지닌, 대단히 적극적이고 능동적인 면모를 보여준다.

우선 누군가 착한 짓, 즉 남을 돕는다든지 인정을 베푸는 경우에 ‘복 받을 짓’이라는 말을 쓴다. 이는 이른바 선행이 복의 기틀이라는 의미를 내포한다. 남에게 잘하는 것이 복을 부른다니! 인정과 사랑이 바로 복이 된다고 우리 한국인은 믿어온 것이다.

누군가 행복을 누리려면 자기 가족만이 아니라 남이, 이웃이 행복을 누리게 도와주어야 한다는 그 생각이 여간 귀하지 않다. 복은 인간 윤리이고 인간 도덕이기도 한 셈이다.

다음으로 ‘복 받을 짓’이란 말은 누군가 스스로 노력하는 만큼 복을 받는다는 의미를 지니게도 된다. 이 경우 복은 노력이고 진력盡力이다. 최선을 다하는 노력 바로 그것이다.

누군가 마음먹은 일을 두고서 부지런히 힘쓰는 것이 바로 복받기의 동기가 되고 계기가 된다. 농부가 땀 흘려서 농사를 짓고는 풍성한 가을걷이를 하는 것이 바로 복을 거두는 것이다. 그래서 가을걷이를 '복걷이'라고 불러도 괜찮을 것 같다. 땀방울이 바로 복방울이다.

다시 생각하는 정복이란, 그 기막힌 말

앞에서 이미 정복淨福을 살펴보았다. 하지만 정복은 한두 번 이야기하고 끝내도 좋을 만큼 가볍지가 않다. 그것은 거듭 따지고 캐야 할 말이다.

그렇다. 정복, 그것은 기막힌 말이다. 아름답고 깔끔한 말이다.

정淨은 '깨끗할 정', '씻을 정' 등으로 읽히는 글자이다. 그래서 정세淨洗라고 하면 깨끗하게 씻는 것을 의미한다. 세정洗淨이라고 해도 마찬가지이다. 청정淸淨이라면 맑다는 뜻이다. 자주 쓰이는 정화淨化라는 말은 새삼 그 뜻을 따질 필요도 없을 것이다. 사회는 정화사업淨化事業을 벌여야 하고 마시는 수돗물은 정화작용淨化作用을 거쳐야 한다.

그러니까 정복은 깨끗하고 드맑은 복을 의미한다. 우리가 누리는 복에 흉측한 '흉복凶福'이 있을 리 없고 더러운 '오복汚福'이 있을 리 없다. 우리가 누리는 복은 모름지기 맑은 복, 정복이라야 할 것이다.

그런데 정淨은 유달리 불교에서 많이 쓰이는 한자어이다. 정도淨土라면 부처가 다스리는 청정한 불국佛國을 의미한다. 극락이라고 하지만 결국 그 땅도 정토이다. 한편 정역淨域은 아예 사찰을 가리킨다. 정궁淨宮, 곧 청정한 궁전도 절을 가리킨다. 절은 맑은 마음의 텃밭이다. 뿐만 아니다. 정유리淨琉璃라면 문자 그대로는 맑은 유리나 거울을 가리키지만 더 나아가면 불교의 신앙심 그 자체를 의미하기도 한다.

또 있다. 정건淨巾은 승려들이 머리에 쓴 두건을 가리키고 정계淨戒는 불제자들이 지켜야 하는 계율을 의미한다. 정안淨眼, 곧 맑은 눈이라고 하면 불교의 진리를 읽는 눈을 의미한다. 불교에서는 신앙과 관련한 말에 온통 정淨이 붙어 있다.

정각淨覺은 불교의 진리를 깨닫는 일이다. 그래서 정각淨覺은 정각正覺, 곧 올바른 깨달음이 된다. 불교 신앙의 거의 모든 것이 그리고 그 마지막 지표가 정淨, 그 한 자에 걸려 있다고 해도 지나침은 없을 것 같다.

그러니 불심佛心은 곧 정심淨心이다. 청정淸淨한 마음이고 영혼이다. 불자佛子들, 곧 불교 신도들이 도를 닦고 심신을 수양하고 염불하는 것은 필경 몸과 마음을 맑히기 위해서이다. 마음을 먹 감고 정신을 씻어내기 위해서이다.

그래서 정복이라면 불심을 닦아 누리는 복을 의미하고 부처의 나라에서 살게 되는 복을 의미한다. 이승에서 극락정토의 세계를 누린다는 의미이다. 불교적인 신앙심이 극치일 때 누리는 행복, 그것이 바로 정복이다.

그러나 정심이 불교에 그칠 수 없고 정복이 불교 안에 제한될 것도 아니다. 물론 정복에 관한 불교의 깨우침이며 가르침을 받아내서 어떤 정신의 경지에 이르러야겠지만 말이다.

잡된 생각을 떨쳐낸 고요의 세계는 일반인이 누릴 수 있는 정복의 하나이다. 무념무상無念無想, 이를테면 온갖 자질구레한 생각들을 깨끗이 털어내고 마음을 비웠을 때 누리게 되는 고요의 세계, 그것이야말로 누구나 바라는 정복일 것이다.

과한 욕심을 어떻게 누를까? 지저분한 잡념을 어떻게 떨치지? 껄끄러운 편견에서 어떻게 놓여나지? 뜨거운 분을 어떻게 삭이지? 너덜대는 미움을 무엇으로 풀지?

우리가 늘 던지는 물음들이다. 해결되었는가 싶으면 이내 꼬리를 물고 달려드는 물음들이다. 그렇게 지겹게 되풀이되는 물음 속에서 우리의 일상이 꾸려져나가는 것이다.

그러나 한때나마 그런 물음에서 해탈하고 싶다. 해방되고 싶다. 그럴 때 우리는 작게나마 정복을 누리게 되는 것이다. 이런 물음들 끝에 해답을 구하게 되면 우리는 일상에서도 정복을 누리게 된다.

기복, 복 빌이라니?

한자어인 기복祈福은 세 가지로 표기할 수 있다. 우선 기복祈福을 비롯해서 기복奇福이 있고 또 기복起福이 있다.

기복奇福과 기복起福은 자주 쓰이지는 않지만 아예 말이 안 되는 말은 아니다. 기복奇福은 기이한 복으로 뜻밖에 얻는 복이나 쉽게 생각해낼 수 없을 만큼 별난 복을 의미한다. 이와는 달리 기복起福이라면 복을 일으킨다는 뜻이다. 노력하고 빌어서 비로소 복이 시작되는 것을 의미한다. 그래서 기복起福은 발복發福과 비슷한 말이 된다.

기이한 복인 기복奇福이나 일어나는 복인 기복起福과 발음은 같되, 뜻은 다른 기복이 있다. 바로 빌고 축원하는 복이란 뜻의 기복祈福이다. 기축祈祝하는 복이라고 해도 괜찮을 것이다. 물론 축수祝手하는 복이라고 해도 상관없다.

"비나이다, 비나이다. 내게 복이 내리소서!"

누군가가 자신을 위해서 기복하는 소리, 축원하는 소리이다.

"받아라, 받아라. 부디 복 받아라!"

누군가가 가족을 위해 기복하는 축수의 소리이다.

복을 비는, 이 두 가지의 복 빌이 소리는 한국인이 전통적으로 가장 많이 입에 올렸던 말이다.

정초이다. 새벽이다. 미리 목욕재계沐浴齋戒로 몸과 마음의 부정을 깨끗이 씻어내고는 할머니가 장독대에 앉는다. 왼발은 바닥에 펴고 오른발은 곧추세우고 앉는다.

엎어둔 독을 제단 삼아 그 위에 촛불을 켜고 그 곁에 정화수 사발을 놓는다. 그러고는 머리를 조아리고 두 손을 합장하고는 빈다.

“올해 한 해 우리 집안에 복이 내리게 하소서.”

그렇게 하느님께 축원하고 기복한다. 새벽바람에 촛불이 일렁이는 것은 비는 이의 치성에 하느님이 감복感服한 탓일까. 할머니의 고개가 더욱 깊게 숙여진다.

이렇게 집집마다 어머니들은, 또 할머니들은 기복을 했다. 복빌이를 했다. 그들에게는 그것이 최고의 신앙이었다. 거기 한국 민속 종교의 으뜸이 있었다.

한국인의 마음에 이른바 ‘기복祈福 신앙’은 이렇게 깊이 터를 잡았다. 한국인에게 기복 신앙은 신앙의 전형이었다.

산의 바위를 제단 삼아서 산신령에게 빌 때도 그랬다. 바닷가나 강가의 깨끗한 바위틈을 신전 삼아서 ‘용왕 먹이기’를 할 때도 마찬가지였다. 그것을 옛 한국인들은 축원祝願이라고 일러왔다.

그러기에 기복 신앙은 민속 신앙의 테두리를 벗어나서 불교나 기독교에까지도 큰 영향을 주었다. 불교에서 얻어낼 구원은 불심이라는 깨달음이다. 스스로 참을 깨닫고 거기 심신을 맡기는 것이 곧 불심이다. 기독교에서는 신도들이 기도할 때 그것은 모든 것을 신의 뜻에 맡기는 것을 의미한다(“주여! 뜻대로 하소서!”).

그러자면 불교 신두나 기독교 신도는 자신의 세속적인 욕심에서 벗어나야 한다. 그것이 종교적인 귀의심歸依心이다. 모든 것을 부처와 신의 뜻에 내맡기는 마음가짐 말이다. 우리의 전통적인 기복 신앙도 필경 이 경지로까지 승화해야 할 것이다.

II

일상과 행복이
만났을 때

- 한국인의 행복론 -

우리 삶의 시작은?

행복과 고통, 이 두 가지를 한데 엮어서 말하는 것은 당돌한 일인지도 모른다. 그야말로 얼토당토않은 일같이 생각될 것이다. 원수끼리 손잡는 게 더 쉬울지도 모른다. 하지만 인간사에서 원수끼리 손잡은 사례를 찾는 일은 사실 그다지 어렵지 않다.

그러니 행복과 고통을 한자리에서 애기해도 좋은 경지가 아주 없지는 않을 것 같다. 심지어 고통이 행복을 낳고 행복이 고통을 먹고 자라는 경우인들 없을 것 같지는 않다.

인간의 생명은 고통에서 태어난다. 고통은 인생의 시작, 인간 목숨의 시작이다. 산모의 진통을 생각해봐도 고통이야말로 모든 인생의 골라인이라는 사실을 의심할 수 없을 것이다.

'고고呱呱의 소리'라는 말이 있다. 고고의 고呱는 '울음 고'라고 읽는다. 그것도 어머니 태에서 세상으로 갓 나온 갓난아기의 울음이다. 그런데 그 '고고의 울음'은 젖을 달라는 소리도, 안아달라는 소리도 아니다. 다만 아픔을 호소하는 울음일 뿐이다. 아픈 울음은 인생의 시작이다. 갓난아기의 울음에는 그가 태어날 때 겪는 고통이 담겨 있다. 거기에는 출산하는 어머니의 고통이 함께 메아리친다. 이래저래 인생의 시작, 인간 생명의 첫 출발은 고통, 바로 그것이다.

미국의 영화감독 스티븐 스필버그Steven Spielberg의 작품 〈인디아나 존스〉는 간접적으로나마 이에 대해 말해준다. 남녀 주인공과 소년이 지하 세계를 모험하는 아슬아슬한 장면에서 우리는 인생을 배우게 된다.

악당들이 득실대는 땅굴 속에서 그들과 맞겨루어서 '신비의 돌', 이를테면 온갖 생명의 근본이 될 마술적인 힘을 지닌 기적의 돌을 쟁취하고는 악전고투 끝에 지상 세계로 무사히 귀환하는 과정이 역동적으로 그려진 이 영화를 보면서 관객들은 한순간도 긴장을 늦추지 못한다.

그런데 위험한 지하 세계에서 지상 세계로 빠져나오기까지 주인공들은 좁다란 굴길을 헤치고 또 헤쳐 나간다. 그러다가 추격자들에게 잡힐 듯한 마지막 위기의 순간 갑자기 세찬 물살이 터져 나오고 그들은 그 물살에 휩쓸려 바깥 세상으로 빠져나온다. 그렇게 무사히 탈출에 성공하는 것이다.

이렇게 지하 세계를 탐험하면서 고난을 겪다가 끝내는 무사히 지상 세계로 빠져나오는 이야기가 그리스로마 신화에는 드물지 않다. 신화 속 인물들의 행적은 〈인디아나 존스〉의 주인공들과 닮아 있다.

이런 고난의 이야기들을 인류학에서는 '채널 경험'이라 부른다. 채널 경험은 좁다란 채널, 이를테면 통로나 굴길을 빠져나오는 경험을 가리킨다.

그런데 인류학에 따르면 신화 등에 등장하는 채널 경험의 기원은 태아가 모태에서 떨어져 나와 어머니의 좁디좁은 질을 통과해 드디어 세상으로 나오는 바로 그 출산 과정에 있다고 한다.

출산 과정에서 태아는 대단한 고통을 겪는다. 태아의 머리와 몸통에 가해지는 질의 압력은 대단하다. 태아는 바로 그 고통의 통로를 통과해 세상의 빛을 본다. 우리는 누구나 인디아나 존스로 출생하는 셈이다.

이렇게 고통은 출산의 절대조건이다. 누구나 고통과 더불어 고통을 겪으며 태어난다. 고통은 창조의 계기이다. 고통 없는 생명 창조는 없다.

갓난아기가 터뜨리는 고고의 울음소리를 들으면서 산모는 아기를 받아든다. 빤히 얼굴을 들여다본다. 아직 눈두 뜨지 못하는 아기의 표정을 보며 산모는 미소를 짓는다. 그것은 단순한 안도安堵의 웃음이 아니다.

이제 고통은 환희로 변한다. 산모가 비로소 누리는 행복의 순

간이 그 미소에 깃들인다. 아파서 울부짖던 산모, 고통의 울음을
터뜨렸던 산모는 잔잔히 미소 짓는다. 고통으로 신음하는 것과
환희로 웃음 짓는 것은 거의 한순간의 일이다. 절대 별개의 일이
아니다. 그 둘은 한 덩치이다.

바로 여기서 우리는 인생에서 고통이 어떤 역할과 의미를 갖는
지를 짚어보게 된다. 그래야 한다. 고통이라고 고개를 젓고 아픔
이라고 나 몰라라 해서는 안 된다. 그럴 수가 없다.

인생살이를 하는 동안, 세상살이를 하는 동안 고통을 면할 길
은 없다. 애당초 고통에 용감히 맞섬으로써 우리는 생명을 얻지
않았던가. 그러니 피하려고만 하지는 말자. 아니, 오히려 고통의
원천으로 돌아가서 고통에 길드는 일, 고통과 화해하는 일, 바로
그것에서 고통을 이기는 길을 찾는 것이야말로 세상에서 우리가
누릴 진정한 구원은 아닐까? 어쩌면 축복도 행복도 그런 고통의
열매로서 우리를 찾아드는 것은 아닐까? 고통을 이긴 후에야 찾
아오는 행복이야말로 최선의 행복이 아닐까?

사실 살면서 고통 없이 쾌락을 얻어내는 일은 불가능하다. '고
락苦樂'이란 말은 문자 그대로 고통과 쾌락이다. 그 둘이 짝을 지
어 고락이란 낱말을 만들고 있다. 고락은 짝이다. 그래서 "고생 끝
에 낙이 온다"는 말이 사람들 입에 곧잘 오르내리는 것이다.

실제로 고통이나 고생이 무엇인가를 빚어내고 성취하는 동기
가 되는 경우도 드물지 않다. 우리는 그것을 한갓 벌레에게서도

배우게 된다. 매미가 바로 그 주인공이다.

하필이면 매미는 한여름의 뙤약볕이 한창인 대낮에 가장 시끄럽게 울어댄다. 무더위의 초열焦熱과 맞겨루며 노래를 불러대는 것이다. 아니, 절규한다. 아우성친다. 다른 생물들은 모두 더위에 주눅이 들어 있는데 매미는 전혀 아랑곳없이 울어댄다. 더위라는 고통이 오히려 매미들에게 생명을 구가謳歌하게 하듯이.

그런데 매미는 성충이 되기 이전, 그러니까 유충 시절에 이미 고통을 성취의 계기로 삼는다. 유충 시절에 겪는 고통, 그것은 바로 허물벗기이다.

매미의 유충, 곧 굼벵이는 자그마치 2~7년간 땅속에서 살아간다. 나뭇가지에서 태어나 이내 나무줄기를 타고 내려가서는 그 뿌리 아래로 파고든다. 그러고는 영락없는 땅벌레가 되어 2~7년을 보내게 된다. 7년이라면 포유류의 생애에 견주어도 엄청나게 긴 시간이다. 매미는 그런 기나긴 세월을 참아낸 끝에 땅 밑에서 나와 나무 위로 오른 다음 탈피, 곧 허물벗기를 한다.

허물벗기는 반시간 가량 진행된다. 유충의 껍질을 헤집은 성충이 밖으로 상체를 내밀고 이어서 앞뒤 발로 갓 벗어놓은 허물을 누르고는 남아 있는 꼬리 부분까지 껍질에서 빼낸다. 이제 매미의 몸통이 온전하게 지상 세계로 나온 것이다. 그다음 매미는 날개를 펴서 말리게 된다. 바야흐로 유충이 성충으로 환골탈태換骨奪胎한 것이다. 나무 위에서 태어난 직후부터 몇 차례의 변신을 거듭한 것이다.

이 반시간의 탈피 과정!

짧게는 2년, 길게는 7년을 참아낸 끝에 허물을 벗는 그 30분!

그건 여간 힘드는 한때가 아닐 것이다. 껍질을 벗는 일에 고통이 따르지 않을 수 없다. 허물에서 온몸을 일으켜 세상 밖으로 탄생하는 그 순간 진통의 아픔이 없을 수 없다.

그런데 매미는 고작 며칠간 누리게 될 성충의 삶을 위해 탈피의 진통을 이겨낸다. 땅속에서 보내는 그 긴 시간에 비하면 성충의 삶은 정말 눈 깜짝할 사이에 지나간다. 그런데도 시원하게 울어대는 그 한 찰나를 위해 매미는 거듭되는 탄생과 부활의 아픔을 이겨내는 것이다.

삶을 풍요롭게 사는 법
- 일과 행복 -

20세기 시단詩壇을 대표하는 독일의 시인 R. M. 릴케Rainer Maria Rilke에게는 최고이자 최선의 한마디가 있었다. 그것은 바로 "오직 일하라!"였다.

젊은 시절 무명의 시인이었던 그는 파리에서 조각의 거장 로댕 François Auguste René Rodin의 비서로 일하고 있었다. 로댕은 그에게 "트라바이에 투주르Travaillez toujours!"를 가르쳤다. '언제나 일하라'는 의미의 이 프랑스어를 시인은 모국어로 "누어 아르바이텐Nur Arbeiten!"으로 고쳐 가슴에 새겼다. 그리하여 그 한마디에 자신의 시를 걸고 인생을 걸었다. 그에게는 시를 쓰는 것이 '아르바이트arbeit'였던 것이다. 아르바이트라는 단어는 우리 귀에도 익숙하다. 대학생 등이 돈을 벌기 위해 부업처럼 하는 일을 '아르바이트'라고 하기 때문이다.

인생에서 일의 몫은 크고 중요하다. 노동, 작업, 수공手工 등 여러 이름으로 불리는 일은 사회인에게는 그 삶의 전부이다시피 하다. 그들에게는 휴식도 여가도 일을 위해 존재한다.

그렇다고 학생들에게 일이 없는 것은 아니다. 그들에게는 공부가 일이다.

그러니 어른이든 아이든 누구나 일을 하고, 그렇게 일하면서 삶을 경영한다. 물론 일에도 등급을 매길 수는 있다. 큰 일, 작은 일, 어려운 일, 쉬운 일, 재미난 일, 괴로운 일 등등 일에도 가짓수가 많을 것이다.

하지만 보통 일이라면 땀이 연상되고 어려움이 연상된다. 그래서 힘드는 게 일이고 지겨운 게 일일 수도 있다.

한국어에서 일이란 낱말은 그다지 만만하지 않다. '일 났다'고 하면 그 일은 소동이다. 한 수 더 떠서 '큰일 났다'고 할 때의 일은 사고이다. 그만큼 일은 힘겹고 어려운 것이다.

그런데 일은 괴롭고 힘겨울수록 보람이 크고 수확도 늘어난다. 언제나 그런 것은 아니지만 좋게 마무리될 수도 있는 것이 일이다.

전설 바다에 춤추는 밤물결 같은

검은 귀밑머리 날리는 어린 누이와

아무렇지도 않고 예쁠 것도 없는

사철 발벗은 젊은 아내가

따가운 햇살을 등에 지고 이삭 줍던 곳

그곳이 차마 꿈엔들 잊힐리야.

정지용의 〈향수〉에서 일이 향수의 대상이 되어 있는 것은 그 때문이다.

그래서 일은 행복의 계기가 되고 단서가 된다. 어쩌면 일이야말로 모두에게 삶의 보람이 될 수도 있는 것이다. 아주 줄여서 '일이 행복이다!'라고 다짐 둘 수도 있을 것 같다. 그러기에 우리 한국인은 즐겨서 '일복'이란 말을 써온 것이다.

하긴 너무 무거운 일에 지치고 시달리면서 '일복 터졌다'고 말할 때는 역설적인 탄식이 되고 한탄이 되겠지만. 그러나 어떤 직업인이 모처럼 얻은 일거리에 '일복이 터졌다'고 하면 이는 즐거움의 표시가 된다. 그런 일복은 일의 크고 작음을 굳이 가릴 것 없이 작으면 작은 대로 크면 큰 대로 복을 불러오기 마련이다.

"일에는 배돌이, 먹는 데는 감돌이"라는 속담은 재미있다. 일할 때는 꾀를 부려서 배배 돌다가도 먹을 때는 빠지지 않고 감돈다는 뜻이다. 이 속담은 "일은 송곳으로 매운 재 긁어내듯 하고 먹기는 도짓소 먹듯 한다"는 또 다른 속담과 사촌지간이다. 우리는 일을 할 때 배돌이가 아닌 감돌이가 될 일이다. 그것이 인생이다.

"70대 할머니 미용사의 '사랑방 미용실'"이라는 헤드라인 밑에 조금 작은 활자로 "대구 만촌동 류점화 씨 55년 한길…… 파마 말아놓고 함께 앉아 부추전 수다"라는 부제가 붙어 있다. 2010년 8월 6일자 대구 M일보에 실린 기사이다.

2010년 현재 72세인 이 할머니 미용사는 열일곱 살 때 미용술을 배워 3년간 조수 노릇을 하다가 스무 살이 되던 해에 경북 성주에서 개업을 했다. 이내 대구로 미용실을 옮긴 할머니 미용사는 반세기가 넘도록 오직 한길만을 걸어왔다.

그 사이에 남편은 번번이 사업에 실패했다. 할머니 미용사는 주부로서 집안일은 물론이고 가장으로 생계까지 도맡아야 했다. 할머니 미용사는 다른 사람들의 머리를 만지며 자식 넷을 모두 대학에 보냈다. "아이들을 키우면서 한 번 안아주고 업어줄 새도 없었다"고 회상할 만큼 자신의 일에만 매진하며 젊음을, 또 평생을 보냈다. 이제 그녀는 사람들의 머리 모양만 봐도 됨됨이까지 알아볼 정도라고 한다. 소리 내어 말하지는 않았지만 그녀는 "오직 일하라!"는 그 한마디에 온몸과 온 정성을 바쳐왔다.

이제는 자식들이 그만 쉬라고 하지만 할머니 미용사는 그럴 수 없다고 했다.

"늙어서 오랫동안 서서 손님들의 머리카락을 만지는 게 힘은 들지만 미용실 안에 늘 사람 사는 얘기와 웃음이 가득 차 신바람이 난다"는 것이 70을 훌쩍 넘긴 할머니가 일을 그만두지 못하는 이유이다. 아니 한 걸음 더 나아가 이 할머니 미용사는 일에서 즐거움을 누리고 신바람을 맛보기도 한다.

그래서 파마할 머리를 말아두고는 손수 부추전을 부쳐서 손님들과 막걸리 잔을 나누며 웃음꽃을 피우곤 한다. 일터가 마을 여자들의 사교장이고 클럽이 된 셈이다.

그렇게 온 평생을 바친 일이 낙이 되고 복이 되었다. 아니 살아가는 유일한 보람이 되었다.

삶의 진창에서 우리를 구원하는 힘
– 집념과 행복 –

집념은 무섭다. 아귀세고 또 아귀차다.

집념은 어느 한 가지 일이나 생각에 끈질기고 집요하게 달라붙는 것을 의미한다. 끈질기다 못해 악에 받칠 수도 있다.

주어진 조건이 불리하고 주변 사정이 마땅찮음에도 불구하고 오히려 더한층 악착같이 매달리는 것이 집념가이다. 그건 고집과 통할 수도 있고 악쓰기와 통할 수도 있는 마음과 정신이다. 고집도 외고집이고 외통수이다.

누군가 중학교 시절 정구에 재미를 붙인 뒤로 근 반세기가 지났음에도 손을 놓지 않았다면, 그래서 아흔을 바라보는 여든일곱의 나이에도 여전히 정구를 치고 있다면 그는 그야말로 집념의 사나이가 아닐 수 없다. 대구의 김연우 할아버지가 바로 그 '집념의 사나이'다.

흰색 모자에 안경을 쓴 고령의 할아버지가 정구 라켓을 잡고 날렵하게 공을 받아치며 상대 코트 앞 커팅(깎아치기) 기술로 포인트를 올렸다. 할아버지는 후위에 있는 선수와 '하이파이브'를 하며 즐거워했다.

2010년 8월 9일자 대구 M일보에 실린 기사이다. 기사는 이렇게 이어지고 있다.

87세의 나이지만 정구에 빠져 사는 김연우 할아버지 .
이런 나이에 어떻게 정구를 할까 궁금하지만 경기장에서 뛰는 모습을 보면 '나이는 숫자에 불과하다'는 생각을 갖게 된다.

놀라운 일, 경탄할 일이다. 그야말로 초인이다. 상식을 초월하고 나이를 초월한 초인이다. 그 사실을 뒷받침하듯이 기사의 주인공 스스로 다음과 같이 실토한다.

"정구는 내 운명입니다. 40년 넘게 이렇게 살았거든요. 정구를 안 치면 몸이 찌뿌듯해서 못살아요. 그래서 매일 이 정구장으로 꼬박꼬박 나오죠."

오죽하면 정구를 운명이라고 말할까! 타고났다는 의미일 것이다. 안 하려야 안 할 수 없는 것이라는 의미일 것이다. 하지 않고는 못 배길 것이 정구라는 의미일 것이다.

그가 다니는 정구장을 이용하는 3개 클럽 200여 회원 중에서 그는 단연 최고령이다. 그러나 그는 매일 오전 10시쯤이면 어김없이 나타난다. 그가 정구장에 나오는 걸 기자는 '출근'으로 표현한다. 그렇게 출근한 그는 회원들과 복식 경기를 하는데 하루에 2, 3세트를 치러낼 만큼 노익장을 과시한다.

아직 건강에는 끄떡없다는 그는 정구공만 보면 힘이 솟는단다. 거기에 승부욕도 강해서 경기를 했다 하면 지지 않는다고 한다. 정말 믿을 수가 없다.

지난 40년 동안 전국대회나 도대회 등에서 16번의 우승과 22번의 준우승을 차지했다니 그야말로 그의 전과는 눈부시다.

그는 6년 전 심장마비로 수술을 받았지만 정구에 대한 열정은 아직 뜨겁다.

"공 치는 파워는 조금 떨어지지만 공이 어디로 와도 백핸드, 포핸드 자유자재로 받아칠 수 있어요."

과장처럼 들릴 정도로 놀라운 발언이다. 그 말에는 불굴의 의지가 메아리치고 있다.

그래서 그는 정구를 운명이라며 "라켓을 들 때 가장 행복하다!"고 당당히 말한다. 그것은 무서운 집념이 영글게 한 보람찬 행복일 것이다.

집념은 성취로 마무리되기도 한다. 따가운 집념이 아리따운 성과를 불러오는 것이다. 그것은 삶의 이정표 같은 것, 그래서 집념은 행복을 영글게 하는 동기가 되기도 한다. 이를 증명해주는 또 다른 본보기가 있다. 누군가 어떤 일에 실패를 거듭하고도 열 번 스무 번 포기하지 않고 도전했다면 정말 대단한 일일 것이다. 그게 열 번 스무 번이 아니라 100번이라면 그 누구도 쉽게 믿지 못할 것이다. 그런데 그게 100번도 아니고 200번도 아닌 500번이라면? 아니, 600번을 넘기고 700번을 넘기고 또 800번을 넘겨서 마침내 900하고도 60번이라면 곧이들을 사람은 아예 없을 것 같다.

그런데 끝날 줄 모르고 계속되는 실패를 무릅쓰고 무려 960번에 걸쳐 한 가지 목적에만 줄기차게 매달린 사례가 있다. 그것도 젊은 사람의 얘기가 아니다. 나이 일흔을 바라보는 할머니가 그 이야기의 주인공이다.

한 가지 일에 960번이라니 어쩌면 끔찍할 수도 있다. 대체 무슨 일에 그렇게 지악하게 매달린 걸까? 무슨 중대사였을까? 인생을 좌지우지할 만큼 요긴한 일이었을까?

이 물음에 '운전면허시험'이라고 답하면 대다수의 사람들은 어안이 벙벙할 것 같다. 아니, 어리둥절해서 긴가민가할 것 같다.

운전면허라면 안 따고 못 따는 것보다야 따는 것이 좋은 정도가 아닐까? 극단적으로 말하면 따도 그만 안 따도 그만, 누구의 운명이나 팔자에 절대적인 영향을 미치지 못하는 것이 운전면허가 아닌가 싶다. 중간에 포기해도 괜찮을 만한 것이 운전면허일 듯하다. 그런데도 1,000번에 가깝게 미치도록 되풀이해서 낙방하고는 거듭거듭 도전한 것이다. 못 믿을 일이다.

하지만 이건 정말이다. 진짜 이야기이고 사건이다.

전북 완주군에 살고 있는 차사순 할머니가 그 이야기의 주인공이다.

차 할머니는 2005년 4월에 처음 운전면허에 도전했다. 할머니는 주말과 공휴일을 빼고는 매일 시험장을 찾았지만 시험 성적은 매번 30~50점에 그쳤다. 2종 보통면허의 합격선인 60점에는 미치지 못하는 점수였다.

할머니는 완주군의 집에서 전주 시내의 면허시험장까지 가는데 버스를 두 번이나 갈아타면서 반나절을 보냈다. 그리고 그 일을 960번 반복하면서 승용차 한 대 값만큼의 버스비를 썼다. 시험을 칠 때마다 내야 하는 인지대가 6,000원, 960번 응시했으니 총 500만 원 이상이 들어간 셈이다. 버스비에 인지대까지 합치면 2,000만 원이 넘는 액수이다.

할머니가 면허시험에 응시한 횟수인 960은 기상천외의 숫자이다. 면허시험에 들인 비용인 2,000이라는 숫자 역시 기상천외의 숫자이다. 이는 그녀가 기상천외의 노력을 들여 비로소 운전면허 증을 얻어냈음을 상징적으로 보여준다.

그것은 무서운 집념의 소산이고 억척같은 집념의 산물이다. 당연히 거둘 것을 거두어들인 셈이다.

그런 할머니의 성공담이 언론에 보도되는 것은 당연했다. 어쩌면 기상천외의 대사건이었을지도 모르기 때문이다.

"도전이 무엇인지 몸소 보여주신 할머니. 많은 것을 배웁니다. 매일 힘들다고 투덜대고, 중간에 포기했던 제 자신을 반성하는 계기가 되었어요."

"많은 분들이 할머니의 다소 무모해 보일 수도 있는 도전에 많은 것을 느낀 것 같습니다. 오랜 시간 묵묵히 한 가지 목표를 위해 달려온 할머니, 달리는 할머니를 우린 사랑합니다."

할머니의 성공을 축하하기 위해 국내 최고의 자동차 회사가 벌인 '달리는 당신을 사랑합니다'라는 캠페인에 젊은이들은 이런 댓글을 달았다. 그 자동차 회사는 할머니에게 승용차를 한 대 기증하기도 했다.

그렇게 수많은 성원과 축하가 쏟아지자 면허시험 960번의 재수생은 "많은 분들의 도움으로 꿈에 그리던 차를 얻게 되어 정말

행복합니다"라고 감격을 털어놓았다. 하지만 모르긴 해도 할머니
는 차보다 더 큰 행복을 맛보았을 것이다. 할머니에게는 계속된
실패와 좌절이 일구어낸 성취와 성공이야말로 진정한 행복이었
을 것이다.

흔들리는 날 연 밭에 나간다
- 도전과 행복 -

도전挑戰은 원래 싸움을 건다는 뜻이다. 한 개인이 또 다른 개인에게 싸움을 거는 것도 도전이고 한 국가가 또 다른 국가에 전쟁을 선포하는 것도 도전이다. 그러니까 싸움, 다툼, 시비, 전쟁 어느 것이든 그 동기를 만드는 것이 바로 도전이다.

싸움이든 다툼이든 시비든 전쟁이든 어느 것 하나 좋은 것은 없다. 그런데도 인간 사이에서, 단체나 집단 사이에서 끊일 날이 없다. 인생에도, 사회에도, 국가에도 도전이 그치지 않는다. 그래서 인생에서든 집단에서든 국가에서든 도전을 피할 길은 도저히 없다. 도전은 밥을 먹고 차를 마시듯 흔해빠진 일, 요컨대 항다반사恒茶飯事이다.

그런데 옥편에서 '도전'의 도挑는 '돋을 도'로 읽힌다. 싸움을 돋우는 것이 도이듯이 남의 화를 돋우는 것도 역시 도이다. 도전이 그렇고 도발挑發이 그렇다.

"한판 붙자!"

그런데 대판 붙자고 나선 사람은 화가 잔뜩 나 있을 테니 당연히 붙어올 사람의 화를 충동질할 것이다. 그래서 도는 '꾈 도'로도 읽힌다. 한판 붙을 생각에 화를 부추기는 것이 곧 도挑다. 한데 그 의미의 본색으로 보아서는 '꾈 도'보다는 '부추길 도' 또는 '충동질할 도'로 읽는 것이 더 옳을 법하다. 그래서 '도출挑出'이란 낱말은 시비를 걸어서 싸움을 돋우는 것을 의미하게 된다.

개개인의 인생은 물론이고 세상 자체가 아예 도전이다. 그러니 당연히 응전應戰이 인생에서 갖는 몫이 커질 수밖에 없다. 개인이 인생에 도전장을 내기도 할 테지만 도전해오는 인생에 맞서서 한판 붙자고 응전도 할 테니까 말이다.

개인은 인생에서 도전하는 주체가 되기도 하고 응전하는 주체가 되기도 한다. '응전한다'는 말의 뜻에 이끌려서 응전을 피동적이고 소극적인 것이라고 생각해서는 안 된다. 운명이 우리에게 도전장을 던지고 사회가 우리에게 "그래, 해볼 테면 해봐!"라며 싸움을 걸어왔을 때 그 도전이 피치 못할 것으로 받아들여진다면 우리는 능동적으로 응전하게 된다.

한편 도전은 사람과 사람 사이, 집단과 집단 사이에서만 벌어지는 것이 아니다. 어느 개인과 과업 사이에도 흔히 도전이 일어난다.

물론 나는 어떤 과업에 도전하기 전에 나 자신에게 도전할 수
도 있다. 그래서 나 스스로의 기를 돋울 수도 있다. 아니, 그래야
만 한다.

주눅 들지 마라! 기죽지 마라!

스스로에게 그렇게 외치면서 나 스스로에게 도전할 수 있어야
한다.

삶이
흔들리는 날
연蓮 밭에 나와 섰다

진창에 우리 속살,
하얀 사유 말아 올린
(⋯)

푸른 잎
서늘한 연꽃

연옥보다

부시다

— 김연동, 〈삶이 흔들리는 날〉

시인은 연 밭을 진창이라 부른다. 엉망진창의 그 진창이다. 그러고는 거기 뿌리를 내리고 온몸을 내맡겨서 가까스로 피어난 연꽃을 '눈부신 연옥'이라고 부른다.

모르긴 해도 이 연옥이란 말은 한자로 두 가지로 읽힐 것 같다. 하나는 연옥蓮玉이고 다른 하나는 연옥軟玉이다. 앞의 것은 연꽃 구슬이고 뒤의 것은 연한(부드러운) 구슬이라는 뜻이다.

어느 것으로 읽든 연꽃은 구슬이고 보옥寶玉이다. 연꽃은 진창을 모태로 피어났지만 시인은 자신의 지금 처지가 그와 같기를 기도하고 있다. 자신을 흔들어대는 진창 같은 인생, 그것이 있기에 비로소 눈부시게 재생하는 자신을 꿈꾸는 것이다.

이 시는 진창인 인생에 조용하지만 다부지게 도전장을 낸다. 시인은 이 시를 통해 자기 자신에게 주눅 들지 말라고 은근하게 다그치고 있다. 연꽃은 연 밭이라는 진창에 도전해서 피어났고 시인은 '흔들리는 날'이라는 진탕에 도전하고 있다. 그러나 우리의 도전에는 각자의 인생, 각자의 일도 당연히 포함된다.

이 일이 되는지 안 되는지 해보자!
이 사업에 내 모든 것을 건다!

인생에는 이런 말이 무슨 엄청난 구호처럼 외쳐진다. 그것이 인생이다.

그러기에 거듭거듭 인생은 도전이라고 말해도 좋을 것이다. 도전 없는 인생은 죽은 인생일지도 모른다. 우리 삶은 도전의 연속이다. 도전 속에 바로 인생이 있다고 해도 지나친 말은 아닐 것 같다. 도전의 경기장, 그것이 인생이다.

우리 인생에는 끊임없이 도전이 요구된다. 어렵고 힘겨운 일이라도 뜻있고 보람차서 도저히 해내지 않고는 배기지 못할 때 우리는 난관을 무릅쓰고 도전한다. 그리고 어려움이나 곤란함에 부딪치면 더한층 전의며 사기를 불태우게 된다. 그럴 때 도전의 도가 옥편에서 '심지 끌어올릴 도'로도 읽힌다는 사실을 떠올리게 된다. 한자 풀이로는 도등挑燈 또는 도등장挑燈長이라고 하는데 도등은 등의 불빛을 돋운다는 뜻이지만 도등장은 등잔불의 심지를 길게 돋운다는 의미이다. 그렇듯이 우리는 난관에 도전하면서 사기와 의지의 불길을 끌어올리게 된다. 내가 나의 전의戰意, 즉 도전하고 응전할 의지에 뜨겁게 불을 지르는 것이다. 그래서는 끈질긴 도전이 성공이라는 열매, 행복이라는 성과를 낳게 되는 것이다. 도전은 성취의 산모이고 행복을 낳는 모태이다.

행복을 빚는 단서
- 행복과 갈등 -

서로 사이가 뒤죽박죽이면 갈등이라고 한다. 문제가 안 풀리고 꼬이기만 하면 그것도 갈등이라고 한다. 한편 마음의 갈등이라고 하면 한 사람이 서로 다른 두 가지 생각을 품고는 이러지도 저러지도 못하는 것을 의미한다.

갈등葛藤은 문자 그대로는 칡과 등나무이다. 칡덩굴이고 등덩굴이다. 칡덩굴은 갈류葛藟라고도 부르는데 여기서 류藟는 덩굴을 가리킨다. 그런데 갈류라고 하나 등덩굴이라고 하나 뒤엉긴 것으로는 다를 바가 없다.

등덩굴이나 칡덩굴이나 그것이 그것이다. 등덩굴은 따로 등전藤纏이라고도 부른다. 여기서 전纏은 '줄 전'이라고 읽히는 한편 '감을 전', '얽을 전'이라고도 읽힌다.

칡이나 등이나 덩굴은 휘고 굽은 채로 뻗어간다. 그래서 그 자체로 복잡하게 얽히고설킨다. 뒤엉겨서 쉽게 풀리지 않는다. 그것이 곧 갈등이다.

이런 본래의 뜻에 변화가 생겨서 갈등은 그만 그 뜻이 분규紛糾와 비슷해진다. 분紛은 '소란할 분'이라고 읽히는 한편 '엉킬 분', '섞일 분', '분잡할 분' 등으로도 읽힌다. 가령 "적들 내부에 분란이 생겼으니 지금이야말로 승리할 기회이다"라는 말에 나오는 분란이 분의 여러 뜻을 대변해주고 있다. 한편 규糾는 '감길 규', '얽힐 규', '얼릴 규' 등으로 읽히므로 그 뜻은 분과 같다고 볼 수 있다. 그래서 아옹다옹하는 두 패거리 사이에 갈등이 있다고 하나 분규가 있다고 하나 그 뜻에는 차이가 없게 된다.

저는 마음이 아주 심약해서 그런지 조그만 일에도 마음속에서 갈등이 자주 일어납니다. 다른 사람들은 다 마음이 강건한지 갈등을 잘 풀어가는 것 같은데 저는 왜 이리 마음이 약한지 모르겠습니다. 조그만 일에도 눈앞이 캄캄해지고 머릿속이 복잡해집니다.

그래서 책을 보면서 길을 찾으려고 노력하고 여러 사람에게 조언을 구하기도 하고 며칠을 머리를 싸매고 생각을 거듭해보는데도 늘 결과는 만족스럽지 못합니다.

어떻게 해야 갈등 앞에서도 마음이 흔들리지 않고 잘 해결할 수 있을까요?

국내의 한 기독교계 신문에 어느 독자가 던진 질문이다.

그런데 이 질문에서 당사자는 자기 자신만 유독 갈등을 심하게, 또 자주 겪는 것처럼 말하고 있다. 그러나 그것은 사실이 아니다. 그것은 이 질문에 답하는 성직자의 글에도 잘 반영되어 있다.

자매님이 겪는 마음의 힘겨움이 어떤 것인지 압니다. 아마도 많은 분이 자매님의 사연을 읽으면서 '나도 그런데' 하는 마음일 것입니다.

그러면서 답변자는 심리학자 레빈Kurt Lewin의 말을 빌려 갈등이 무엇인지도 언급한다.

사람들은 싫지만 하지 않을 수 없는 일과 하고는 싶지만 당장 할 수 없는 일 사이에서 부대끼며 살아갑니다.

그다음 답변자는 갈등의 발생 원인과 그 내용도 설명한다.

그러니까 일반적인 갈등 상황은 한 사람이 자신의 진로를 두고 여러 가지 선택 사이에서 방황할 때 일어난다는 것입니다.

위에 소개한 질문과 답변은 한 개인의 내적 갈등에 초점을 맞추고 있지만 사실 갈등은 한 사람의 내면에서만 일어나는 것이 아니다. 그것은 내분內紛이라고 부를 만한 내적 갈등이지만 이와는 달리 개인과 개인, 개인과 공동체, 단체와 단체 사이에도 갈등은 일어나기 마련이다. 이를 내적 갈등과 대비시켜 외적 갈등이라 부를 수 있다.

우리는 살아가는 동안 쉬지 않고 내적 갈등과 외적 갈등을 겪게 된다. 인생은 갈등의 연속이다. 인생은 갈등과 그 해결로 꾸려져 나간다.

내적 갈등은 고민이 되고 괴로움이 된다. 이건 이것대로 불행의 원인이 된다. 하지만 외적 갈등 또한 우리가 겪는 불행의 원인이 된다. 사랑하는 연인 사이의 갈등은 실연의 불행을 불러올 수도 있을 것이다.

인생 자체가 내적 갈등과 외적 갈등을 겪어내는 과정이라면 우리는 불행을 아예 벗어나지 못하게 된다. 즉 갈등의 해결이야말로 우리가 누릴 행복의 계기가 된다는 의미이다. 그래서 역설적이지만 우리는 갈등이 행복의 단서가 되도록 애써야 할 것이다.

릴케가 말하는 알라인이란?
- 고독과 행복 -

외로움, 그것은 누구에게나 고통이다. 고독, 그것은 쓰라림이다. 오죽하면 "외로워 외로워서 못 살겠어요"라는 유행가 가사가 있겠는가.

그런데 오늘날에는 개인의 고립이 심화되면서 그런 외로움과 고독이 깊어가고 있다. 영국의 시인 에즈라 파운드Ezra Pound가 그려낸 고립을 우리는 일상적으로 겪는다.

어느 날 파운드가 지하철역에 서 있었다. 한참 만에 저편 어둠 속에서 전동차가 달려들더니 기다리던 사람들 앞에 멈춰 섰다.

그리고 시인의 눈에 전동차 안의 광경이 들어왔다. 누군가 늘어진 손잡이를 잡고 우두커니 밖을 향해 시선을 던지고 있었다. 그의 시선은 멍했다. 그의 표정은 망연茫然하기만 했다. 온몸이 멍청해 보였다. 시인에게는 그의 얼굴이 꼭 나뭇가지에 가까스로 매달린 거무레한 갈잎 같았다.

가슴이 섬쩍지근해질 만큼 충격적인 묘사이다.

하지만 사실 파운드가 묘사한 것은 특별난 것이 아니다. 대도시의 시민들이 지하철역에서 자주 목격하는 일상적인 정경이기 때문이다. 그런데 전동차 안의 시민들만이 나뭇가지에 매달린 갈잎 같아 보일까? 역에서 전동차를 기다리는 시민들은 그렇지 않다고 장담할 처지가 아니다. 무리 지어서 멍청히 전동차를 기다리는 그들은 나뭇가지에 매달린 갈잎이 아니라 아예 아무렇게나 흐트러진 갈잎 더미처럼 보일지도 모를 일이다.

이것이 이른바 '무리 속의 고독'이다. 주위에 사람이 많을수록 또는 무리에 섞여 있을수록 현대인의 고독은 더한층 심각해지기 마련이다. 대도시 시민들에게 '군중 속의 소외'는 타고난, 즉 주어진 운명 같은 것이다. 소외疏外는 완전한 타인이 아닌 이웃에게서 멀어질 때 소외는 더욱 심각해진다. 같은 처지의 사람들과 외떨어질 때 소외는 더욱 깊어진다. 소외는 낯선 것에서 멀어지면서 겪는 것이 아니라 낯익은 사람들, 이웃한 무리에게서 심리적으로 밀려나면서 겪는 것이다.

아파트가 무엇보다 생생하게 이를 보여준다. 아파트라는 주거공간은 천편일률적이다. 추호도 다를 것이 없는 생활공간이 거대한 한 덩치의 집단을 이룬 것이 바로 아파트이다.

각각의 생활공간은 두꺼운 칸막이로 고립된 콘크리트 상자이다. 도시민들의 보편적인 주거 공간이 곧 소외이고 고립이다. 개개인은 물론이고 아파트 자체도 '군중 속의 고독'을 겪는다.

그렇다. 도시민의 생활 자체가 이미 소외이고 고독이다. 외로움이다. 이웃일수록 마음의 거리는 멀기만 하다. 그래서 대도시민의 행복지수는 쪼그라드는 대신 불행지수는 커져만 간다.

그렇다고 언제나 다른 사람들과 어울리는 것만이 고독을 치유하는 유일한 방법이라고는 말할 수 없다. 때로는 고독을 고독 그 자체로, 이를테면 혼자인 채로 이겨나가야 하기 때문이다. 게다가 혼자라고 해서 항상 고독에 짓눌리기만 하는 것은 아니다.

독일이 낳은 대표적인 현대 시인 릴케는 고독을 끝까지 혼자서 감당하며 이를 주제로 시를 남기기도 했다. 바로 《두이노의 비가悲歌》가 그의 고독이 집대성된 작품이다.

독일어로 고독을 가리키는 말이 두 개 있는데 그중 하나는 '아인장einsam'이고 다른 하나는 '알라인allein'이다. 이 가운데 알라인은 릴케의 고독과 견주어서 시사하는 바가 크다.

'알'은 영어의 '올all'과 거의 같은 의미로 전부나 전체를 지칭한다. 그래서 '알라인'이란 낱말 속에서 '알'은 '전적인' 또는 '전적으로' 등의 의미를 갖게 된다. 한편 하나를 의미하는 '아인ein'은 영어의 '원one'과 같다.

그렇다면 전부를 의미하는 '알'과 하나를 의미하는 '아인'이 합쳐진 '알라인'은 어떤 의미일까? 전체이면서 하나, 하나이면서 전체를 의미한다. 릴케는 자신의 고독이 이런 의미의 '알라인'이기를 다짐해두곤 했다. 혼자로서 완전한 존재, 그것이 곧 릴케의 고독이었다.

그렇기에 같은 시대를 살았던 프랑스의 대시인 폴 발레리Paul Valéry는 어느 장소, 어느 순간의 릴케를 보고는 '순수한 고독'을 이야기했던 것이다.

당시 릴케는 에게 해가 바라다보이는 바위 벼랑 위의 '두이노 성'에서 혼자 생활하고 있었다. 계절은 겨울이었다. 찬바람이 몰아치는 한겨울, 바닷가의 성에서 릴케는 책상에 웅크린 채 시를 쓰고 있었다.

마침 릴케를 찾아간 발레리가 그 광경을 목격하고는 "저기 순수한 고독이 있다"고 그 순간의 감상을 토해냈다고 한다.

감동적인 이야기이지만 릴케가 누리던 '알라인'의 경지는 쉽지 않다. 그래서 보통 사람들은 다른 방법을 찾아야 한다. 즉 어울림으로 서로 하나가 되어서 행복을 누려야 하는 것이다.

그런 행복의 경지는 그들만의 즐거움으로 끝나지 않고 현대인들이 놓쳐버린 것에 대한 강한 향수에 젖게 한다.

'독거노인'이라고 하면 무엇보다 가난과 외로움에 찌든 노인의 모습이 떠오른다. 어쩌면 시들어가고 있는 풀포기가 연상되기도 할 것 같다.

그런데도 웃는 얼굴로 "할머니 여럿이 함께 한 집에서 밥도 지어 먹고 얘기하다 보면 시간 가는 줄 모른다"고 말하는 독거노인이 있다. 바로 충남 공주시 반포면에 거주하는 최씨 할머니가 그 주인공이다.

2010년 현재 일흔둘인 할머니는 16년 전 남편을 여의고 6남매를 모두 서울 등 도시로 내보낸 뒤 줄곧 독거노인으로 살아왔다. 할머니는 혼자 살면서 두려움과 무서움에 떨어야 했다. 게다가 건강도 늘 마음에 걸렸다. 추위도 혼자서는 견뎌내기 힘겨웠다. 밤에 홀로 잠이 들었다가도 그런 두려움에 문득문득 소스라쳐 깨어나곤 했다. 그것은 만만찮은 공포증이었다. 고독이 그런 공포를 더한층 부채질했다.

그러던 중 행운이 찾아들었다. 2010년 7월 27일 할머니와 함께할 삶의 반려자가 나타난 것이다.

최씨 할머니는 오씨 할머니(72세), 정씨 할머니(66세), 장씨 할머니(66세), 그리고 또 다른 최씨 할머니(84세) 등 네 명의 이웃을 두게 되었다. 그냥 이웃이 아니라 서로에게 언니동생이 되고 가족이 된 것이다. 이렇게 '독거노인 가족'이 탄생했다. 그들은 서로를 두고 "가족이 네 명 더 생겼다"면서 기뻐했다.

그런데 그들의 마을에는 60여 가구가 옹기종기 모여 사는데 그 중 40퍼센트가 65세 이상의 노인들이다. 나머지 주민들의 나이도 모두 중년을 넘겼으므로 이 마을은 노인 마을이라고 해도 지나침이 없는 실정이다.

하긴 농어촌 마을치고 '노인 마을' 아닌 곳이 드무니 무심코 지나칠 수도 있지만 사실 마을 전체가 '노인 촌락'이라는 사실은 무심코 지나칠 일이 아니다.

그래서 다섯 할머니가 일어선 것이다. 할머니들은 우선 최씨 할머니의 집을 손질했다. 마을 한가운데 자리 잡은 할머니의 집은 공동의 보금자리로는 최고의 입지 조건을 가졌던 것이다.

넓이가 70평방미터인 최씨 할머니의 집을 손질해서 방 세 개를 넣었다. 운 좋게도 충남도청이 마련한 '독거노인 공동 생활제'가 도움을 주었다.

"노인들은 정든 땅을 떠나는 것을 싫어하고 복지 시설에 입주하는 것도 꺼린다. 평생 같은 지역에서 생활한 노인끼리 모여서 편하게 노후를 보낼 수 있도록 돕고 있다"는 도 당국자의 발언은 '독거노인 공동 생활제'가 구체적으로 어떤 도움을 주는지를 증언해준다.

전국의 농어촌 마을은 노령화하고 있다. 거의 전적으로 노인들의 마을이 되어가고 있다. 그것도 외로움과 가난에 시달리는 여성 독거노인의 수가 늘어가고 있다. 그런 문제를 스스로 풀어가고자 최씨 할머니가 나선 것이다.

덕분에 다섯 할머니는 한 공간에 모여 함께 밥을 먹고 함께 잠을 자고 함께 이야기를 나누면서 노년의 기쁨을 누리고 있다. 고독을 이기기 위한 어울림이 다섯 할머니에게 행복을 가져다준 것이다.

이 다섯 할머니들에게는 동병상련同病相憐이라는 말이 어울릴 것 같다. 같은 병을 앓는 사람끼리 서로 아끼고 동정하게 되는 것처럼 같은 외로움과 고독과 소외를 겪는 할머니들끼리 서로를 사랑하게 된 것이다. 전국의 농어촌 마을이 노령화하는 와중에 더 딱한 사실은 '독거노인'의 비율이 높다는 점이다.

그런데도 사회나 국가는 이에 무관심한 실정이다. 그 속에서 다섯 할머니는 자구책自救策을 마련하고 나선 것이다. 스스로 행복지수를 높인 것이다. 국가와 사회는 그들 앞에서 참회하고 고해告解해야 할 것이다.

파우스트의 꿈
- 행복과 노력 -

불행이 어디서나 말썽이듯이 행복은 어디서나 축복받는다. 불행과 행복 사이에 인생이 가로놓여 있을 것도 같다. 인간의 삶은 불협화음을 내는 불행과 행복의 이중주일지도 모른다.

행복에는 으레 즐거움이 따른다. 기쁨이 설레고 웃음이 함박꽃을 피운다. 생의 앞길이 트이고 앞날의 여명이 환하게 동터 오른다. 행복은 희망이고 꿈이다.

그런데 잠시 잠깐의 우연한 행운이나 요행은 몰라도 제대로 된 행복은 노력의 소산이다. 땀을 흘린 만큼 행복이 가까이 다가든다.

하긴 인간이 빚어낸 보람된 결과치고 노력의 소산이 아닌 것은 단 하나도 없을 것이다. 노력은 문화와 역사의 창조주이다. 그래서 노력은 행복의 산모라고 할 수 있다.

괴테Johann Wolfgang von Goethe의 파우스트가 그랬듯이 우리는 누구나 땀을 인간이 빚은 최상의 것으로 받아들일 줄 알아야한다. 땀의 긍정은 행복의 긍정이다.

하긴 땀도 가지가지이다. 삼복더위에 흘리는 땀이 있고 열병을 앓는 사람의 온몸을 적시는 땀도 있다. 두려움에 떠는 사람의 이마에 맺히는 식은땀도 있다.

하지만 우리가 흘리는 땀 가운데 가장 귀한 것은 노역의 땀방울이다. 그것은 우리가 흘리는 구슬방울이다. 영롱하고 귀하기가 이를 데 없다. 일함으로 흘리는 땀, 애씀으로 흘리는 땀, 노동으로 흘리는 땀, 그것이 없었더라면 인류는 무엇을 이룩하고 무엇을 성취했을까?

그래서 땀은 노력이고 성취이다. 건설이고 창조이다. 모든 창조는 땀의 소산이다. 모든 건설은 땀이 이룩해낸다.

그래서 파우스트는 인간으로서 누릴 모든 가치의 궁극에, 그리고 정상에 땀을 모셔 받든 것이다. 인간으로서 긍정할 수 있는 것 가운데 절대적인 가치를 가진 것으로 땀을 받들 수 있었던 것이다.

인간으로서 온갖 일을, 온갖 시도를 한 파우스트에게 결국 남은 것은 실망이고 좌절이었다. 신의 힘과 악마의 힘까지 빌려가면서 해낸 일은 결국 허사였다.

그런 그에게 마지막 긍정을 바칠 것이 찾아들었다. 일하는 사람의 이마에 어린 땀이었다. 그에게는 구원이었다. 살아 있는 보람 그 자체였다. 인간으로서 누리는 행복의 극치였다.

누구에게나 그 비슷한 순간은 있었을 것이다. 정도의 차이가 있기는 할 테지만 그건 보편적인 순간이다. 쉼 없이 노력해서 드디어 찾은 행복, 애쓰고 땀 흘린 보람과 더불어 찾아오는 행복감을 누구나 한 번쯤은 경험할 것이다. 그런 경험 속에서 노력이야말로 행복의 온상임을 절실하게 깨닫는 것이다.

노력은 애씀이고 힘들임이다. 아등바등하기이다. 이를 갈고 견뎌내고 이겨내야 비로소 노력이다.

그런데 노력에는 두 가지가 있을 수 있다. 미리 가능성을 내다보고 힘쓰는 노력과 가능성이 짚이지 않는데도 땀 흘리는 노력이 있을 것이다. 물론 두 가지 다 귀하기는 마찬가지이다.

그렇지만 상대적으로 더 값지고 소중한 것은 아무래도 엄청난 고난과 장애가 예상되는데도 오히려 억척을 부리는 노력일 것 같다. 될까 말까 하는데도 바로 포기하거나 체념하지 않고 이를 악물고 나서는 노력이야말로 보다 더 적극적이고 긍정적인 노력일 것이다. 그것이야말로 도전일 것이다.

노력이 도전과 맞물릴 때, 포기와 굴복이 없는 계속적이고 끈질긴 도전일 때 노력은 더한층 기를 돋우고 사기를 드높인다.

이럴 때 우리가 자주 입에 올리는 "죽기 살기로!"라는 그 한마디가 갖는 의미는 매우 크다. "죽자 살자!"라고 해도 다를 것은 없다. 두 말 모두 '목숨 걸고' 또는 '결사적으로' 일에 달라붙는다는 의미이다. 그럴 때 우리의 노력은 그리고 우리의 땀은 어둠을 밝히는 광명이 될 것이다.

노력은 그것이 결정적으로 중요한 일에 바쳐질 때 필경 생사를 넘어서야 한다. 땀도 마찬가지이다.

동양적 행복의 극치
- 달관과 체관, 그리고 행복 -

그런데 이렇게 죽기 살기로 땀 흘려서 얻는 행복이 있는가 하면 모든 것을 놓아버림으로써 얻는 행복, 아니 모든 것을 편안히 품음으로써 얻는 행복도 있다. 죽기 살기로 얻어내는 전투적인 행복이 청년의 행복이라면 모든 것을 놓거나 품음으로써 얻는 관용적인 행복은 노년의 행복이라 할 수 있다. 전자의 행복이 서양인의 행복이라면 후자의 행복은 동양인의 행복이라고도 할 수 있다.

이런 동양인의 행복은 달관과 체관이라는 말로 간단하게 표현할 수 있다. 하지만 그 경지를 설명하기란 그리 녹록지 않다. 달관과 체관을 이해하려면 우선 우리의 마음부터 들여다보아야 하기 때문이다.

누군가를 평가할 때 우리는 흔히 '마음이 좁다'거나 '마음이 넓다'는 말을 쓴다. 마음이란 말 대신 품을 써도 마찬가지이다.

마음이 좁으면 스스로 고생한다. 품이 좁으면 스스로 외돌아진다. 마음을 열면 소망이 이루어진다. 품을 열면 꿈이 미소 짓는다. 소견이 짧으면 세상이 비좁아진다. 소견머리가 트이면 온 세상이 환해진다.

그래서 마음이며 품이 좁고 소견이 궁색하면 스스로 행복을 해친다. 성질머리가 까다롭고 성깔이 모나면 스스로 복을 내치고 만다. 반대로 도량이 크고 넓으면 복이 지레 알아서 찾아든다.

도량度量이란 말에서 도度는 도수度數의 도로 길이를 재는 자를 의미한다. 이와는 달리 량量은 양을 재는 되를 가리킨다. 실오리 한 치, 술 한 말, 그것이 바로 도량의 쓰임새이다.

그런데 도량은 사람의 마음을 두고도 사용된다. 누군가 생각의 길이가 길고 마음의 부피가 크면 그걸 두고 '도량이 넓다'고들 한다. '큰마음 먹는다'고 할 때의 그 큰마음이 바로 도량이다.

도량이 크면, 도량이 넓으면 사소한 일에 매이지 않는다. 웬만한 일에는 동요하지 않는다. 다른 사람의 심중을 이해할 줄 알고 타인의 잘못을 용서하게 된다. 너그럽고 다사로운 마음씨가 된다. 그럴 때 '국량局量이 크다'고도 말한다. 국局은 '재간 국'이라고 읽는다. 그런데 이 경우 재간才幹을 재주나 꾀로만 여겨서는 안 된다. 남을 헤아리는 넓은 마음의 씀씀이라고 생각해야 한다. 도량이나 국량 대신 아량雅量이란 말을 쓸 수도 있다.

이렇게 큰 아량이나 깊은 국량과 견주어서 쓸 수 있는 말로 달
관達觀과 체관諦觀이 있다. 여기서 달관의 달達은 '통달'이나 '달성'
의 달과 같은 의미를 가진다. 달통達通의 달과도 통해 있고 달견達
見의 달과도 통해 있다.

그래서 달관은 사리에 밝은 뛰어난 식견으로 널리 보고 크게
살핀다는 뜻을 지니고 있다. 외통수로 고집을 부리지 않고 편견
에 얽매이지 않음도 의미한다. 무엇이든 한 가지 관점에 사로잡히
는 대신 아량을 가지고 넓고 멀리 보는 것이 곧 달관이다.

체관의 체諦는 단념한다는 뜻을 지닌 '체념'의 체이다. 무슨 일
을 하다가 잘 풀리지 않을 때 "어렵쇼! 나 몰라"라고 내던지는 것
이 바로 체념이다. 그런데 체는 원래 '살필 체'이고 '자상하게 알
체'이고 '이치 체'이다. 그러니까 어떤 사물이나 현상의 이치를 자
상하게 살피고 너그럽게 받아들이는 것이 다름 아닌 체이다. 그
래서 달관과 거의 같은 뜻의 말이 된다.

누군가 무엇에든 달관하고 체관하게 되면 그것에 얽매이지 않
는다. 그것 때문에 갈팡질팡하지도 않는다.

속 시원하고 자유롭게 바라보게 된다. 그래서 마음의 여유를
누리게 된다. 어느 경우에나 편견에서 벗어나서 고집을 부리지
않게 된다. 무엇이든 마음 편하게 받아들이게 된다.

해가 비치면 해그림자 짓고, 달이 뜨면 달그림자 짓고, 바람이
불면 바람 따라 설레는 널따란 호수 같은 마음이 되는 것, 그것이

바로 달관이다. 이런 달관에 이르면 진정 복된 마음의 경지가 열 릴 것이다.

그렇게 달관하는 사람은 인생의 어느 고비에나 마음이 편하고 안정되어 있다. 그의 마음은 봄날의 깊은 숲 속 같을 것이고 가을날의 맑은 하늘 같을 것이다. 참선하는 스님처럼, 기도하는 신부님처럼 심중이 안온할 것이다. 거룩하게 편안할 것이다. 잔잔한 행복감, 나긋한 행복감에 다소곳하게 마음을 맡기게 될 것이다.

한국인의 행복, 그 실체는?

- 행복과 정 -

"건강 한 박스, 행복 두 박스, 사랑 세 박스!"

무슨 소리일까? 다름 아니라 특정 건강식품의 광고 문구이다. 그 식품을 한 박스 사면 건강해지고 두 박스 사면 행복해지고 세 박스 사면 사랑을 얻는다는 것이다.

물론 그 상품의 기능이며 약효를 무턱대고 두둔하는 것은 좀 그렇지만 건강과 행복과 사랑을 삼위일체로 다루고 있는 광고 콘셉트는 괜찮은 것 같다.

하긴 건강이 행복의 절대 조건이라는 사실은 부인할 수 없다. 아니, 적극적으로 찬성해야 한다. 또 행복이 건강이며 사랑과 맞물릴 수 있다는 생각에도 반대할 수 없다. 건강이 행복을 다져주듯이 사랑 또한 행복을 경험하게 할 것이다.

물론 이 경우 사랑은 남녀 간의 사랑만을 의미하지는 않는다.

가족 간의 사랑, 동료나 친구 간의 사랑, 이웃 간의 사랑 등이 모두 포함될 것이다. 더 나아가 공동체며 사회에 대한 더 큰 사랑도 당연히 포함되어야 할 것이다. 박애博愛라고 불러도 좋을 사랑, 이를테면 '타인에 대한 사랑'도 다루어져야 할 것이다.

타인에 대한 사랑, 박애라고 불러도 좋을 그 사랑은 베풂이다. 또 봉사를 의미하기도 한다. 불교에서는 보시普施나 자비라고 부르는 마음의 경지, 기독교에서는 박애라고 부르는 심성이 될 것이다. 여기에는 이른바 헌신獻身이 따른다.

처지가 자신만은 못한 타인을 위해 자신을 돌보지 않고 바치는 헌신이야말로 박애라는 이름의 사랑이 될 것이다.

가난한 사람, 헐벗고 굶주린 사람, 치료비가 없어서 병에 시달리는 사람, 돌보는 이 없이 외로움에 짓눌려 있는 사람에 대한 배려와 동정에서 박애의 사랑, 봉사의 사랑이 움터오를 것이다.

그렇게 음지의 사람들을 양지로 이끌어냈을 때 그 양지의 햇살은 음지에 찌들어 있던 사람들뿐 아니라 그들을 양지로 인도한 사람들에게도 행복감을 선사할 것이다. 베푸는 측과 베풂을 받는 측이 함께 축복받을 것이다. 그것은 사회적인 행복이자 극히 인간적인 행복이기도 하다. 베푸는 사람이 스스로를 비웠을 때 그의 마음은 행복감으로 차오를 것이다.

그런데 여기서 우리 한국인이 전통적으로 정이라고 불러온 마음가짐이 저절로 연상된다. 앞에서도 보았지만 한국인의 사랑을 이야기하면서 정을 빼놓을 수는 없다. "정들면 어디나 고향"이란 말을 조금 바꿔서 "정들면 누구나 우리"라고 말할 수 있을 것이다. 그렇듯이 한국인은 정으로 남남의 울타리를 헐고 한마음이 되었다. 이웃이 되고 친지가 되고 동지가 되었다.

'정을 튼다'는 이곳과 저곳을 터서 한 공간이 되게 하듯이 사람들의 가슴과 가슴, 마음과 마음을 튼다는 뜻이다. '트고 지낸다'고 하면 서로 막힘없이 사귄다는 의미이다. 즉 한마음, 한뜻이 되는 것이다. 그것은 축복이었다. 정을 트면 복이 틔었다. 정을 트고 정을 나누는 것을 한국인은 삶이 누릴 행복의 지표로 삼아왔다.

정든 님이 오셨는데
인사를 못해
행주치마 입에 물고
입만 방긋
아리 아리랑 쓰리 쓰리랑
아라리가 났네

〈밀양아리랑〉에서 정은 부끄럼을 타는 처녀마냥 앳되다. 정갈하고도 순결하다. 하지만 사실 정에는 처녀의 모습만 담겨 있는 것은 아니다.

정情은 흔히 쓰이는 글자이자 낱말이다. 그래서 그 쓰임새가 매우 다양하다. 뜻풀이도 아주 성가시고 까다롭다.

옥편에는 '뜻 정' 외에도 열 가지 의미가 올라 있다. 그 가운데 명사로는 '정성 정', '욕망 정', '인정 정', '사랑 정', '심정 정', '실상 정', '사정 정', '멋 정' 등이 나열되어 있다. 하나하나 보기를 들어가며 그 의미를 따지려면 상당히 긴 한 편의 글이 되어야 할 것이다.

그런데 정은 애정愛情, 순정純情, 욕정慾情, 연정戀情, 모정慕情, 정욕情慾, 정사情事, 정담情談, 정인情人 등에서 알 수 있듯이 사랑과 거의 같은 뜻을 품고 있다. 이는 정의 첫 번째 의미라 할 수 있다. 그런가 하면 인정人情, 정분情分, 정의情誼, 동정同情, 정리情理, 정의情義 그리고 연민의 정처럼 크게 보면 사랑이지만 좁게 따지면 따뜻한 마음가짐을 의미하는 정도 있다. 이는 정의 두 번째 의미라 할 수 있다.

한편 정취情趣, 정경情景, 정서情緒 등에 쓰이는 정은 좀 별나다. 이 낱말들에서 정은 옥편의 풀이를 따르면 '멋 정'이라고 해도 좋을 것 같다. 즉 '정겹다'나 '멋스럽다'와 거의 같은 뜻으로 받아들이면 된다. 이는 정의 세 번째 의미라 할 수 있다.

그런데 지금까지 이야기한 세 가지 의미의 정 외에 또 다른 의미의 정이 있다. 실정實情, 물정物情, 사정事情, 정황情況, 정세情勢, 정상情狀, 정보情報라고 할 때의 정은 '사정 정'으로 풀이해서 '사실'과 같은 뜻으로 받아들이면 될 것 같다. 이는 정의 네 번째 뜻이라 할 수 있다.

하지만 그 의미를 네 갈래로 캐보았다고 해서 정의 뜻풀이가 끝난 것은 아니다. 일상에서 흔히 쓰이는 예들을 들어 대충 그렇다고 짚어보았을 뿐이기 때문이다. 그렇게나 정은 말썽 사나운 글자이다.

그런데 여기서는 다른 것은 젖혀두고 첫 번째와 두 번째의 정만을 문제 삼고자 한다.

첫 번째의 정은 '정든 님'이나 '정을 통한다'고 할 때의 정과 같다. 이때의 정은 당연히 사랑, 그중에도 남녀 간의 사랑, 즉 에로스적인 사랑에만 그 의미가 국한된다.

한편 두 번째의 정은 '정을 준다', '정을 쏟다', '정을 붙인다', '정을 나눈다', '정을 뗀다' 등에서 알 수 있듯이 한마디로 사랑이라고 해도 좋을 것 같다. 그러나 첫 번째 정과는 달리 이때의 사랑은 남녀 간의 사랑, 이를테면 에로스적인 사랑만을 의미하지는 않는다. 부모 자식 간의 사랑, 형제나 친구끼리의 사랑, 직장 동료 사이의 사랑, 더 나아가 세상이며 사물에 대한 사랑도 포함시킬 수 있을 것이다. 그래서 이때의 정은 사랑보다 훨씬 품이 크고 넓다.

이 두 가지 정을 구별해서 앞의 것은 '사랑의 정'이라고 하고 뒤의 것은 '정겨움의 정'이라고 불러보자. 이 두 가지 정은 어느 것이나 우리를 행복하게 한다.

애인을 사랑해서, 애인에게 사랑받아서 행복할 것이다. 사랑의 정 덕분에 〈밀양아리랑〉의 처녀마냥 행복을 누릴 것이다. 그런가 하면 늦가을 찬바람 속에 피어난 국화의 정겨움에 마음을 붙이고는 정겨움의 정으로 인해 아련한 행복감에도 젖어들 것이다.

한국인은 "정들면 어디나 고향"이라고 했다. 사랑이 느껴지고 정겨움이 절실하면 어느 타향이나 이내 고향이 되는 것이다. 그것은 필경 정이 고향이고 어머니의 품이고 연인의 가슴이란 의미일 것이다.

정으로 인해 물씬 복스러움에 젖고 정으로 인해 한껏 행복에 젖는 사람, 그들이 한국인이다. 사람에 정을 붙이고 세상에 정이 들고 풍광에 정겨워하면서 우리 한국인은 행복을 누려왔다.

III

행복을 짓는 사람,
사람을 닮은 행복

- 예술의 현장 속 행복 -

내 마음 한편에
끝없는 행복이 흐르네
- 시 속 행복 -

시라면 당연히 서정시가 가장 큰 몫을 차지하게 된다. 부드럽고 우아한 마음의 안정을 노래하는 것이 서정시이다. 한편 잔잔한 미소가 어린 이런 작품들과는 달리 눈물 고인 서러움이나 애처로움을 노래하는 것도 서정시이다. 이때의 서정시는 비가라든지 엘레지*élégie*라는 이름으로 불리기도 한다.

하지만 어느 경우든 적어도 서정시라면 노래하는 사람과 그 대상 사이의 공감을 다루어야 한다. 그 공감이 노래하는 사람과 그 대상 사이의 다사로운 화해며 융합을 불러일으킬 때 서정은 만족감과 행복감으로 채워지게 된다.

폴 베를렌의 〈흰 달〉

흰 달빛
숲에 어리고
가지마다
잎새 흔들며
소곤대는 소리

아, 내 사랑이여.

깊은 연못
거울에 비치는 그림자,
검은 버드나무
가지 사이로 바람은 울고
지금은 꿈이나 꾸어야 하리.

자욱하고 부드러운
고요가
무지갯빛 하늘에서
내리고
아, 아름다운 밤이여

베를렌Paul Verlaine은 흐느끼듯이 시를 읊조리는가 하면 안식과 평화가 자욱한 고요를 노래하기도 한다. 〈흰 달〉은 후자의 전형적인 본보기이다.

시인은 달빛 자욱한 숲 속의 연못가에 자리하고 있다. 어느 바위에 기대어 앉아 있어도 좋고 서 있어도 좋다. 아니면 천천히 연못가를 거닐어도 괜찮다.

그는 정적과 안식에 자우룩하게 젖어 있다. 달빛과 바람과 물결에 설레는 검은 버드나무 그림자, 그 어느 것이나 고요 그 자체이다. "검은 버드나무 가지 사이로 바람은 울고"라고 했지만 바람이 우는 것은 서러움이나 슬픔 때문은 아닐 것 같다. 마음에 고이는 잔잔한 감동으로 자신도 모르게 눈가에 눈물이 어렸을 것이다.

그래서 지금은 다만 그리움에 사무쳐서 꿈을 꾸는 시간, 그래서 저절로 온 가슴과 마음이 즐거움에 젖어든다. 이는 베를렌의 유명한 시 〈가을 노래〉와는 사뭇 대조적이다.

가을 날 바이올린의
기다란 흐느낌

끊이지 않는 우수로
내 가슴 아리게 하네.

(…)

그리고 거친 바람 따라
이리저리 휩쓸려가네
낙엽들처럼

　그야말로 감상과 애상의 극치이다. 정처 없이 여기저기 떠도는
낙엽에 실린 처지가 사뭇 애처롭다. 이 시에는 전형적인 늦가을
의 우수가 서려 있다.
　이렇듯이 〈가을 노래〉와 비교하면 〈흰 달〉은 너무나 아늑하고
은은하다. 가라앉을 대로 가라앉은 정서가 사뭇 평화롭고 안온
하다. 〈흰 달〉에는 대자연의 어느 한 국면에서 어느 순간 만끽하
게 될 안정과 행복감이 은근하게 흐르고 있다.
　베를렌이 노래한 〈하늘은 지붕 너머로〉에도 그와 비슷한 시정
이 흐른다.

하늘은 지붕 너머로
저토록 푸르고 저토록 고요하다.
나무는 지붕 너머로
잎을 흔든다.

종소리가 저 하늘 가운데
부드럽게 울려 퍼진다.
새는 나무 위에서
서러움을 노래한다.

나의 신이시여, 나의 신이시여, 삶은 저기서 저렇게
소박하고 고요하고
이 평화로운 설렘은
저 거리에서 오나이다.

　한 그루의 나무와 거기 깃들인 새의 모습이 보이는 지붕 너머
로 하늘이 펼쳐져 있다. 그 광경을 올려다보는 것만으로 시인의
가슴은 시정으로 넘쳐난다. 푸른 하늘을 우러르는 마음의 충족
감, 그것에서 시인은 흐뭇하게 서정을 누리고 있다. 이 시에도 소
박하고 단출한 것에서 얻는 행복감이 어려 있다.

로버트 프로스트의 〈검은 움막〉

왜 신념을
더는 진실이 아니라고 버리는 걸까.
오래도록 매달리면 또다시

진실이 될 것이니, 그렇게 될 것이니.

우리가 삶에서 보고 믿는 모든 변화는

진실을 배려하느냐 그러지 않느냐에 따른 것.

나는 여기 앉아서도 가끔 내가 사막의 군주가 되기를,

우리에게 되돌아오는 진실에

영원히 몸 바치기를, 또 이바지하기를 소망한다.

〈검은 움막Black Cottage〉 원문의 'truth'를 여기서는 진실로 옮겨보았다. 물론 진리라고 번역할 수도 있을 것이다.

어떻든 진실이란 것의 절대성을 프로스트는 믿지 않은 것 같다. 오락가락하기도 하고 변하기도 하는 것이 진실이라고 보는 것 같다. 글쎄, 그걸 진실의 변덕이라고 부르기가 뭣하다면 시인이 진실의 상대성에 대해 말하고 있다는 정도로 만족해도 될 것 같다. 한때의 진실은 세월이 가면서 진실이기를 그만둘 수도 있다고 시인은 읊조리는 것 같다.

그런데도 시인은 진실에 몸 바치기를, 그리고 그 진실을 향한 신념에 마음 바치기를 다짐하고 있다. 진실이 변한다고 해서 그때마다 버린다면 인생은 정처 없는 떠돌이가 되고 만다. 근거를 잃고 뿌리를 잃게 된다.

단정 지을 수는 없지만 시인은 진실의 변증법을 믿는 것 같다. 변화무쌍까지는 몰라도 변화에 변화를 거듭하며 달라지는 것이 진실이라고 받아들여도 좋을 것 같다.

그런 생각을 전제로 하면 시인 스스로 '사막의 군주'가 된다는 의미를 짚어낼 수 있을지도 모른다. 불모의 땅에서라면 거기 깃들일 무엇이든 귀할 것이다. 풀 한 포기마저도 마냥 간직하고 싶을 것이다.

시인에게 진실은 그런 것이다. 변화 속에 깃들이는 그때그때의 진실에 그리고 그 진실을 향한 신념에 헌신하고 공헌해야 한다고 시인은 마음을 굳히고 있다.

이 정도로 자신의 신념에 이바지하겠다는 다짐을 할 수 있을 때 누구든 작은 행복감에 잠길 것이다.

목장의 연못을 청소하러 나갑니다
가랑잎만 걷어낼 거예요.
물이 맑아지기를 기다릴지도 모르죠.
멀리는 가지 않을 테니 함께 가실까요.

어미 소 곁에 서 있는 어린 송아지를 데리러 갑니다.
녀석은 너무 어려서
어미가 핥아주면 비틀대죠.
멀리는 가지 않을 테니 함께 가실까요.

〈목장〉이란 이 시는 너무나 소박하다. 가랑잎을 걷어내서 맑아진 연못, 그리고 어린 송아지 한 마리가 상대를 불러내는 구실이다. 그렇게 상대를 불러내서 그 질박함과 소탈함을 나누고자 한다. 이 시의 즐거움은 그것이 전부이다. 시인이 행복감에 젖어 있는 이유도 그것이 전부이다. 그것은 어쩌면 어린아이의 동심 같은 것일지도 모른다.

이것은 나날의 작은 진실과 신념에 몸 바치는 충족감이나 행복감과 짝을 짓게 될 것이다.

김소월의 〈자주 구름〉

물 고운 자주 구름
하늘은 개어오네.
밤중에 몰래 온 눈
솔숲에 꽃 피었네.

아침 볕 빛나는데
알알이 뛰노는 눈
밤새에 지난 일은
다 잊고 바라보네.

움직어리는 자주 구름

김소월의 〈자주 구름〉이다. 짤막한 길이만큼이나 간결하고 담백한 시이다. 풍경화라기보다는 정물화 같다.

개어오는 드맑은 하늘, 거기에는 고운 색조를 띤 자줏빛 구름이 떠 있다. 그 하늘 아래 우거진 소나무에는 간밤에 내린 눈이 꽃처럼 피어 있다. 푸른 가지마다 눈은 하얗게 눈부시다.

거기 바람이 인다. 문득 설레는 햇살 따라 눈송이가 휘날린다. 넋을 잃고 그 정경을 지켜보는 시인의 눈빛은 은은하다. 문득 쳐다보는 그의 눈길 따라 자줏빛 구름이 얇게 움직인다.

맑은 겨울 하늘, 자줏빛 구름, 청송 가지에 어린 흰 눈, 바람 따라 휘날리는 눈송이. 그 한순간 눈길에 비친 한 폭의 정경! 거기 시인은 정감을 부치고 있다.

서정이 옹달샘에 이는 푸른 잔물결처럼 거기 어려 있다. 서정은 무엇보다도 시인의 가슴과 풍경 사이의 공감이다. 서로 한마음을 속삭이듯이 소리 없이 자욱하게 메아리치는 공감이다.

그런 공감 속에서 시인은 자신을 잊는다. 망아지경忘我之境, 이를테면 스스로를 잊어버리는 경지에 젖어든다.

그것은 〈자주 구름〉을 읽는 우리도 더불어 누리는 정감이다. 거기 만족감이 끼치고 한순간의 정갈한 행복감이 깃든다. 그 서정의 경지는 다음 노래에도 드러난다.

산에는 꽃 피네

꽃이 피네

갈 봄 여름 없이

꽃이 피네

산에 산에 피는 꽃은

저만치 혼자서 피어 있네

산에서 우는 작은 새여

꽃이 좋아 산에서 사노라네

산에는 꽃 지네

꽃이 지네

갈 봄 여름 없이

꽃이 지네

시를 즐기는 사람들 입에 너무나 자주 오르내리는 소월의 〈산유화山有花〉이다. 피고 지는 꽃은 혼자지만 홀로는 아니다. 흘러가는 세월이 함께이고 작은 새의 노래가 함께이다.

거기 시인의 정서가 어울린다. 계절의 변화와 새와 꽃, 그것들이 이루는 삼위일체와 시인의 가슴도 하나가 된다. 그 심경에 젖어들면서 시인은 더없이 행복하다.

김영랑, '끝없는 강물이 흐르네'

내 마음의 어딘 듯 한편에

끝없는 강물이 흐르네

돋쳐 오르는 아침 날빛이

빤질한 은결을 돋우네

가슴엔 듯 눈엔 듯 또 핏줄엔 듯

마음이 도른도른 숨어 있는 곳

내 마음의 어딘 듯 한편에

끝없는 강물이 흐르네

시인 김영랑은 작품에 굳이 제목을 달지 않았다. 시집에 담은 시들에 순서대로 오푸스opus, 곧 작품 번호를 붙여놓았는데 이 시에는 1번이 매겨져 있다. 모르긴 해도 독자들이 작품의 제목에 매이지 말고 읽어주기를 바라는 마음에서 그랬을 것이다.

어쨌든 '작품 1번'도 그의 다른 작품들과 마찬가지로 음악으로 또 노래로 읊조려진다. 시인이 말하듯이 '도른도른' 노래 불러지는 것이다.

그 노래하는 서정에 더해서 심금心琴의 서정이, 거문고의 서정이 가락을 울리고 있다. 마음이 악기가 되어 잔잔하게 연주되고 있다. 그 서정의 가곡歌曲이야말로 이 시의 바탕이다.

그 곡조曲調를 따라서 시인의 가슴에는 강물이 흐른다. 그것도 끝없는 강물이 되어 도도하게 흐른다. 시인의 가슴은 그래서 문 득 광야가 된다. 그래서 드넓은 푸른 들이 그 가슴에 펼쳐진다.

그 '도른대는' 강물에 아침 햇살이 어리면 은빛 물살이 인다. 눈이 부시다. 그렇듯이 시인의 가슴에 강물이 흐른다. 이 색조, 이 곡조는 원래 강물이 흐르는 광야, 그 드넓은 들판의 몫이다. 그것과 시인의 가슴속에서 울리는 고동鼓動, 그 심장의 율동은 한 치의 빈틈이 없다. 온전히 하나가 되어 있다. 이것을 실감하는 마음에는 물밀 듯이 행복감이 넘칠 것이다.

한계를 넘어선다는 것의 의미
- 소설과 동화 속 행복 -

    소설은 원칙적으로 허구虛構이다. 다시 말해 짐짓 꾸며낸 이야기이다. 그럼에도 불구하고 소설은 인간의 현실을 닮았다. 세계와 인생을 있는 그대로 베껴내다시피 한다. 소설을 인생의 거울이라 부르는 것은 그 때문이다.

    소설은 그것이 문학사의 흐름에서 어떤 유파에 속하든 많은 경우 '리얼리즘realism'이다. 많은 작품이 사실주의를 지켜내고 있다. 그래서 줄거리가 서럽게, 참담하게 끝나기도 하지만 이른바 '해피엔딩'으로 기쁘게, 행복하게 끝나기도 한다.

    동화도 마찬가지이다. 허황된 환상의 세계를 그리는 것 같지만 그런 환상의 이면에는 우리의 현실이 지독하게 사실적으로 그려진다. 물론 어린이를 독자로 하는 만큼 그 끝은 해피엔딩이지만 말이다.

그래서 동화와 소설에서 그려지는 행복을 살펴보는 것은 의미
있는 일이다.

한계를 넘어서,《갈매기의 꿈》

우리의 화두인 행복과 관련해서 특히 떠오르는 문학 작품이
있다. 다름 아닌《갈매기 조나단 리빙스톤 이야기》이다. 국내판
에는 '갈매기의 꿈'이라는 제목이 붙어 있다.

그는 또 여러 가지 비행법을 익혔다. 그 때문에 자신이 들인 노력
을 조금도 아까워하지 않았다. 그는 갈매기들의 삶이 권태와 공
포, 분노 때문에 짧다는 것을 깨달았다.

그러한 것들이 마음속에서 말끔히 사라져버린 갈매기 조나단이
야말로 참으로 길고 행복한 삶을 살고 있기 때문이다.

이렇듯이 자신의 노력으로 다른 갈매기들이 겪는 권태와 공
포, 분노에서 말끔히 벗어난 상태를 조나단은 행복으로 받아들
이고 있다.

그것은 오직 노력과 도전 덕분이었다. 조나단은 끈질기게 새로
운 비행법을 시도하는 유일한 갈매기이다. 그것도 날기의 한계를
돌파하는 것, 그래서 필경은 주어진 자신의 육신이며 존재를 초월
하게 되는 것에서 진정한 삶의 의미를 찾는 오직 한 마리의 갈매

기이다. 스스로는 이를 '무지에서의 해방'이라고 부르기도 한다.

그는 상상하고 꿈꿀 수 있는 한도 안에서 온갖 비행을 시도한다. 어떤 면에서는 보통 갈매기가 꿈도 꾸지 못할 비행술에 도전한다. 드높이 창공을 나는 고공비행, 파도에 아슬아슬 닿을 만큼 낮게 나는 저공비행을 극단까지 추구한다. 날개를 편 채 정지비행을 하는가 하면 초고속비행에 몸을 맡긴다. 용수철처럼 솟구치는 비행을 하는가 하면 반사적으로 아래를 향해 곤두박질치는 비행도 한다. 속도만 해도 그에게는 제약이 없었다. 난생처음으로 시속 110킬로미터로 날다가 반동으로 균형을 잃고 파도 속에 처박히기도 한다.

그러나 그는 좌절하지 않는다. 그는 결국 600미터 상공에서 시속 145킬로미터를 돌파해 급강하하게 된다. 그것은 갈매기로서는 세계 신기록이었다. 하지만 급강하 후 수평으로 날기 위해 자세를 고치는 순간 그는 또 균형을 잃고 바다에 곤두박질치면서 온몸이 부서져 나가는 듯한 아픔을 겪기도 한다.

그는 그저 평범한 한 마리의 갈매기로 자신에게 만족하고 사는 것이 행복이라고 절감했다가 이내 고개를 젓는다. 다른 갈매기와는 다르게 한밤의 캄캄한 하늘, 그 암흑 속을 날면서 그의 생각은 달라진다. 그는 새로운 도전을 감행한다. 1,200미터 상공에서 시속 340킬로미터의 초고속으로 수직강하를 한 것이다. 갈매기로서는 불가능에 대한 도전이었다. 그 도전에서 그는 속도며 비행이 힘이고 기쁨이고 순수한 아름다움이란 사실을 실감한다. 그는 행복에 겨워한다.

이렇게 해서 마침내 갈매기 조나단은 초인 아닌, 초갈매기가 된다. 하지만 그것은 갈매기 무리의 상식과 규범을 벗어난 작태, 이를테면 범법행위로 비난받고 조나단은 갈매기 공동체에서 추방당하고 만다.

혼자가 된 조나단은 또 다른 비행법을 익힌다. 밤새 160킬로미터를 날면서 잠자는 법을 습득한 것이다.

보통 갈매기들의 타성이 마음속에서 깨끗이 사라져버린 그는 행복감에 젖는다. 겨우 바닷가를 낮게 날면서 먹이나 잡는 것이 고작인 여느 갈매기들과는 달리 비행술 자체에 심취하는 자신에게 스스로 만족스러워한다. 그는 행복했다.

그러다가 그와 뜻을 같이하는 두 마리의 갈매기와 친구가 된다. 그들은 함께 높은 하늘에서 저속으로 날다가 돌연 시속 300킬로미터로 바다를 향해 급강하해서는 다시 하늘로 높이 솟구치는 곡예와 같은 비행을 하기도 한다.

그리고 셋은 비행술의 완전함을 의미하는 천국에 당도하게 된다. 그곳은 또 다른 우주 공간이었다.

거기서 조나단은 스스로 무한한 가능성 그 자체라는 긍지에 젖게 된다. 삶은 오직 새로운 연구이고 기도였다. 그는 자신의 존재와 비행에 한계라는 것을 용납하지 않았다. 그것이 그의 긍지이고 기쁨이었다. 거기서 그는 행복을 발견했다. 현지에서 만나 섬기게 된 그의 스승, 그에게 날개를 접은 채로 급회전하는 비행술을 가르친 스승 설리번은 조나단을 "100만 마리 중에 한 마리 있을까 말까 하는 희귀한 갈매기"라고 평가했다.

지구가 아닌 다른 혹성에서 조나단은 지구에서와는 다르게 차원 높은 실험에 골몰한다. 이제 그는 생명도 존재도 오직 '가장 높게 가장 멀리'라는 이념에 바치고 만다. 그의 정신은 육체의 제약을 넘어서고자 했다. 마음먹은 순간에 마음먹은 대로 날아야 했다.

그에게 하늘을 나는 일은 수단이 아니었다. 바다 속의 물고기를 잡고 배에서 버려진 음식 찌꺼기나 쪼아 먹는 따위를 위해서 나는 일은 질색했다. 나는 것은 절대였다. 최후의 희망이고 최선의 꿈이었다.

오직 나는 것 자체에 운명을 걸었다. 그것이 자신에게 바치는 사랑이었다. 그것은 운명에 대한 사랑, 곧 '아모르 파티amor fati'이자 자신에 대한 사랑이었다.

그래서 그는 비행도 사랑하게 되었다. 더불어 자신이 나는 공간도 사랑하게 되었다. 나는 시간도 사랑하게 되었다. 그리고 그런 사랑에 빠진 자기 자신을 사랑하게도 되었다.

나는 것 자체가 그런 의미를 갖게 되면서 나는 기술을 배우고 익히는 것에 그의 목숨을 바치게 되었다. 연습과 훈련, 그것이 곧 삶이었다. 그런 훈련과 연습은 조나단 자신이 날고 있는 공간과 시간에 눈뜨게 해주었다. 그는 공간과 공간 사이의 거리, 이 시간과 저 시간 사이의 격차, 그런 것을 단숨에 없애버릴 꿈을 꾸게 되었다.

시간과 공간은 누구에게나 주어진 한계이다. 지금 이 순간에 미래를 가질 수 없고 과거로 돌아갈 수도 없다. 보통의 경우 과거-현재-미래는 외따로 떨어져 있기 마련이다. 공간도 마찬가지이다. 여기서 저기에 들어앉을 수 없고 저기서 여기를 차지할 수도 없다.

이와 같은 시간과 공간의 한계가 조나단에게는 넘어서야 할 대상이 되었다. 온 우주 공간이 다만 이곳이고 여기가 되기를 그는 시도했다. 과거며 현재며 미래, 어느 것이나 지금 당장이 되기를 꾀했다. 그에게는 시공의 한계를 넘어서는 것이 비행의 목표였다. 그의 존재와 목숨을 위한 지표였다.

공간은 어디나 여기여라!
시간은 언제나 지금이어라!

그래서 조나단은 날아야 했다. 그래서 과거도 미래도 지금 이 순간처럼 내다보고 수천, 수만 킬로미터 밖도 여기처럼 내다보게 되기를 갈망했다. 한 마리 갈매기로서 나는 것은 그 갈망을 현실로 옮기는 일이었다.

이 경지를 조나단은 육체를 초월한 정신으로 실존하는 경지로 생각했다. 그의 몸통, 그의 날개는 시간을 못 벗어나고 공간도 못 벗어나는 제약이요 제한이었다. 그래서 스스로 육체를 떨치고 정신이 되어버리기를 바랐다. 그러면 무엇이든 마음먹은 대로 해낼 수 있을 테니. 우주를 마음대로 한순간 안에 내왕할 수 있을 테니.

별별 악착같은 노력 끝에 조나단은 그것에 성공한다. 그래서 조나단을 포함해 행복에 겨운 여덟 마리의 갈매기들은 자신들이 추방당한 지구로 되돌아온다. 그들이 누리게 된 축복을 모든 갈매기들에게 나누어주기 위해서였다. 지구를 갈매기들의 천국으로 바꾸어놓기 위해서였다.

우주의 어느 혹성에서 그들이 이룩한 성공을, 그 눈부신 꿈을 지구에서 다른 모든 갈매기들과 나누기 위해 그들은 추방당한 고향으로 되돌아온다. 그것이 그들의 사랑이었다. 행복이었다.

자기 능력의 개발과 행복, 《점과 선》

총각인 직선과 처녀인 원의 사랑 이야기라면 듣는 사람의 어안이 벙벙해질 것 같다. 그런데 노턴 저스터Norton Juster의 작품《점과 선》은 그런 사랑 이야기를 줄거리로 한다.

'쉬운 수학의 로맨스'라는 부제가 붙은 것을 보면 《점과 선》이 우화임을 눈치채게 된다. 로맨스는 사랑이란 뜻이니《점과 선》은 점과 선의 사랑 이야기가 될 것이다.

그런데 꼬불꼬불 얽힐 대로 얽힌 넝쿨이 총각으로 등장하면서 이야기는 사랑의 삼각관계로 흘러가게 된다. 곧이곧대로 똑바로 그어진 직선은 예쁜 소녀인 점을 사랑하게 된다. 어디를 보나 동그란 점, 그것은 완전을 의미했다. 둥글둥글 돌아치는 점의 모습은 사뭇 애교스러웠다. 그것이 직선이 점을 사랑하게 된 동기였다.

하지만 점은 직선을 무시한다. 그러고는 넝쿨과 사랑에 빠진다. 마구 얽히고설킨 넝쿨은 표정이 풍부하고 감정도 다양해서 점을 재미있게 해주었다. 하지만 곧기만 한 직선은 따분하기만 했다. 무미건조했다. "걔는 정말 쾌활하고 자유롭고 거리끼는 게 없어. 항상 기쁨에 넘쳐흐른다." 점은 넝쿨을 칭찬하면서도 직선에 대해서는 "막대기 같다", "외곬으로 꽉 막혀 있다", "갑갑하고 답답하다"며 헐뜯기만 했다.

그래서 직선은 먹지도 자지도 않고 날이 갈수록 우울해졌다. 그러나 그렇게 주저앉을 수만은 없었다. 직선은 자신의 감춰진 능력을 발휘하려고 애를 썼다. 그러다가 마침내 결정적인 계기를 잡게 된다.

직선은 자신이 원하는 대로 방향을 바꿀 수 있다는 사실을 깨닫게 되었던 것이다. 제 몸에 힘을 주면 ㄱ 자 또는 ㄴ 자로 모양을 바꿀 수 있었다.

이제 직선은 더 이상 외곬의 직선이 아니었다. 멋없이 뻗은 기찻길 같은 직선이 아니었다. 직선은 점점 더 변화 많은 경지를 열어 나갔다. ㄱ에 ㄴ을 보태고 ㄷ에 ㄹ이나 ㅁ을 겹치기도 했다. 그러다가 지그재그로 모습을 바꾸기도 했다.

더욱 열심히 연습한 끝에 직선은 삼각형, 사각형, 사다리꼴 등으로 변신할 수 있었다. 뿐만 아니라 입체도형을 그리면서 육면체, 팔면체 등으로 변할 수 있었다. 그러다가 드디어는 나선이며 실타래처럼 몸을 꼬불꼬불 꼴 수도 있게 되었다. 이제 직선이 못 그려낼 모양은 없었다.

그쯤 되자 직선은 다시 점을 찾아갔다. 그러고는 자신의 변화하는 모습을 자랑스럽게 보여준다. 그 변화가 책에는 이렇게 표현되어 있다.

눈부시게, 재치 있게, 신비롭고 다양하게, 학식 있고 능란하게, 심오하고 기묘하게, 복합적이고 힘차게

심술이 난 넝쿨이 몇 가지 모습으로 변화해 보였지만 도저히 직선을 당할 수는 없었다. 넝쿨에게 점이 투덜거렸다.

"넝쿨아, 너는 도무지 수양이 부족하고, 단정치 못하고, 무책임하고, 무가치하고, 불확실한데다가 부주의하고, 엉망으로 생긴데다

분수도 모르고 복도 없어."

그러고는 점은 수줍게 직선의 품에 안겼다. 그렇게 이야기는 해 피엔딩으로 마무리된다.

그리고 곧 그들은 그렇게 하면서 내내는 아니라도 적어도 제법 행복하게 살았습니다.

직선은 사랑을 얻어서만 행복했던 것은 아니다. 자신의 숨겨진, 자신도 미처 알아차리지 못한 능력을 개발해낸 것, 그것이 더 큰 행복이었다.

베푸는 이의 행복, 《아낌없이 주는 나무》

옛날에 나무 한 그루가 있었습니다. 그리고 그 나무에게는 사랑하는 소년이 하나 있었습니다. 매일같이 그 소년은 그 나무에게로 와서 떨어지는 나뭇잎을 한 잎 두 잎 주워 모았습니다. 그러고는 그 나뭇잎으로 왕관을 만들어 쓰고 숲 속의 왕자 노릇을 했습니다.

쉘 실버스타인Shel Silverstein의 동화 《아낌없이 주는 나무》는 이렇게 시작하고 있다. 이 동화는 나무와 소년의 깨소금같이 고

소한 우정에 관한 이야기이다.

소년에게 나무는 놀이동산이기도 했고 쉼터이기도 했다. 꼬마는 나무를 타고 노는가 하면 나뭇가지에 그네를 매고 즐기기도 했다. 숨바꼭질도 했다. 소년은 그 열매를 따먹고 나무 그늘에서 낮잠을 자기도 했다. 그래서 "소년은 나무를 무척 사랑했고 나무는 행복했습니다."

이럭저럭 소년은 자라서 어른이 된다. 가난한 그는 돈이 아쉬웠다. 그것을 알아차린 나무는 소년에게 열매를 거두어 시장에 팔게 했다. 나무는 이렇게 말했다. "사과를 따다가 도회지에서 팔지 그래. 그러면 돈이 생겨서 너는 행복해지겠지."

소년이 행복해지자 나무도 행복했다.

그러고 한동안 소년은 소식을 끊었다. 오랜 세월이 지난 후 겨우 나타난 그는 나무에게 이젠 가족들을 위해 집이 필요하다고 했다. 그러자 나무가 말했다.

"난 이 숲이 집이야. 내 가지들을 베어다가 집을 짓지그래. 그러면 행복해질 수 있을 거 아냐."

어른이 되고 가장이 된 소년은 그래서 집을 한 채 지을 수 있었다. 가지가 다 잘리고 둥치만 남은 나무가 일러준 대로 소년은 행복했다.

또다시 소년은 나타나지 않다가 몇 해가 지나고 중늙은이가 되어 나무를 찾아왔다.

"세상일이 뜻 같지 않아서 바다 건너 먼 데로 가고 싶은데 배를 만들 나무가 없단 말이야."

소년이 말하자 나무가 대답했다.

"내 줄기를 베어다가 배를 만들렴. 그러면 너는 멀리 떠나갈 수 있고 행복해질 수 있겠지."

그 말대로 소년은 줄기를 잘라 배를 만들고는 멀리 떠나버렸다. 다시 "나무는 행복했다."

몇 해가 지난 다음 이제 할아버지가 된 소년이 찾아왔다. 무척 처량해 보였다. 하지만 가지가 잘리고 줄기도 잘리고 밑동만 남은 나무는 더 이상 그에게 해줄 것이 없었다.

허리 굽은 노인은 지치고 피곤하다고 했다. 나무가 말했다.

"피곤하다고? 그럼, 내 그루터기에 앉아 쉬렴. 이제 더는 해줄 게 없어."

늙은이는 나무가 시키는 대로 그 그루터기에 앉아서 쉬었다. 그리고 동화는 이렇게 마무리된다.

그래서 나무는 행복했습니다.

이 《아낌없이 주는 나무》에서 뭘 배우게 될까? 나무는 친구인 소년을 위해 잎과 열매와 가지와 줄기를 차례차례 내주었다. 그때마다 소년보다는 나무가 더 큰 행복을 느꼈다. 받는 사람보다

주는 쪽이 더 큰 행복을 누린 것이다.

드디어 그루터기만 남은 나무는 그것마저도 소년에게 쉼터로 내주었다. 그 초라하고 앙상한 그루터기는 덕분에 마지막 행복을 누릴 수 있었다. 남들에게 베푸는 일이야말로 행복이었던 것이다.

제 분수를 지키는 행복, 《세상에서 제일 큰 집》

달팽이 몇 마리가 신선한 양배추 위에 살고 있었습니다. 그들은 등 뒤에 집을 짊어지고 느릿느릿 잎사귀 위를 옮겨 다니며 부드러운 배춧잎을 조금씩 갉아먹고 살았습니다.

레오 리오니Leo Lionni의 동화《세상에서 제일 큰 집》은 이렇게 시작하고 있다. 그런데 어느 날 아기 달팽이가 아빠 달팽이에게 말했다.

"아빠, 이 다음에 내가 어른이 되면 이 세상에서 제일 큰 집을 짓고 살 거야!"

그러자 아빠가 세상에는 작아서 오히려 더 좋은 것도 있다는 사실을 일러주었다.

옛날 옛적에 너처럼 꼬마 달팽이가 살고 있었더란다. 그런데 아버지가 한사코 말리는 것도 아랑곳하지 않고 꼬마는 제 집을 키우는 데 열을 올렸단다. 꼬마는 이리저리 궁리를 하고 노력을 해서 드디어 큰 참외만 한 집을 짓게 되었단다. 뿐만 아니야. 큰 집 위에 뾰족한 탑을 몇 개씩이나 지었지 뭐냐.

그 탑 같은 거대한 집에 알록달록 색을 입혀 아름답게 치장하기도 했지. 근처를 날던 나비들은 그걸 보고 교회 같다고 했고 개구리들은 생일 케이크 같다고도 했단다.

그런데 일이 터졌지 뭐냐. 그는 제가 살던 밭의 양배추를 다 뜯어먹고는 꼼짝을 못하게 되었어. 집이 너무 무거워서 말이야. 다른 달팽이들은 다들 근처의 밭으로 옮겨갔지만 큰 집을 진 이 달팽이는 꼼짝 못하고 굶어 죽었지 뭐야. 그 커다랗고 아름다운 집도 삭아서 허물어졌고.

아빠 달팽이의 이야기를 들은 꼬마 달팽이는 눈에 눈물을 글썽거렸다. 그러고는 속으로 중얼거렸다. 아니, 맹세했다.

"난 이 작은 집을 간직해야지. 그러면 어른이 된 뒤에도 가고 싶은 데는 어디든 갈 수 있을 테니까."

동화를 마무리하는 이 다짐의 말은 제 본분이나 분수를 지켜서 작은 것에 만족하고 사는 것이야말로 행복의 기틀임을 알려준다.

최선을 다하는 행복, 《꼬마 곡예사》

거리의 어린 곡예사 바나비는 부모도 형제도 없는 외톨이였다. 심지어 일가친척도 없었다. 물론 집도 없는 떠돌이였다. 그러나 그는 곡예사였던 아버지에게서 재주를 배운, 그런 대로 뛰어난 곡예사였다.

그는 공중제비를 돌고 두 손으로 저글링을 했다. 뿐만 아니라 물구나무를 서서 발끝으로 굴렁쇠를 돌려대기도 했다. 바나비는 어렸지만 최고의 곡예사였다.

바나비는 사람이 많은 거리에서만 곡예를 한 것이 아니었다. 더러는 성으로 불려가서 왕과 왕비 그리고 귀족들에게서 박수갈채를 받기도 했다. 그런 만큼 돈도 제법 벌 수 있었다. 잠은 거리에서 주로 잤지만 먹고사는 것은 그런 대로 괜찮았다.

귀족들은 그에게 더러 은전을 던져주기도 했다. 그런 날이면 주머니가 은전으로 짤랑거리는 것이 즐거웠다. 공연이 끝난 후 귀족들이 떠난 어두운 방 한구석에 웅크리고 앉아 귀족들이 먹다 남긴 음식을 개들과 함께 나눠 먹는 것도 즐거웠다.

그런데 겨울이 닥쳐오자 사정이 나빠졌다. 거리는 텅 비고 성에서는 그를 부르지 않았다. 그래도 그는 단 한 푼이라도 벌기 위해 거리에서 얼어붙은 몸으로 곡예를 했다.

어느 해질 녘 그는 칼바람이 부는 거리에서 공연을 했다. 구경꾼이라고는 단 한 사람, 근처 수도원에 사는 수도사뿐이었다. 수도사는 바나비에게 물었다.

"추운데 고생이 많구나. 집에 가서 쉬어야지. 집이 어디냐?"

쓸쓸하게 고개를 가로젓는 그를 보고 수도사가 다정하게 말했다.

"이리 온. 나하고 같이 가자. 우리 부엌에 가서 몸을 녹이려무나."

수도원에 간 바나비는 따뜻하게 자고 푸짐하게 먹을 수 있었다. 이렇게 바나비는 수도원에서 수사들과 함께 살게 되었다. 소년은 수도사들이 열심히 일하고 기도하는 모습을 지켜보면서 행복감에 젖을 수 있었다.

그러나 그것은 오래가지 못했다. 수도사들이 온종일 열심히 일하고 기도하고 공부하는 것을 보면서 바나비는 자신을 돌아보게 되었다.

"저분들은 저토록 공부에, 일에, 기도에 정성을 바치는데 난 도대체 뭐야?"

바나비는 아무것도 하지 않고 놀고먹기만 하는 자신에게 양심의 가책을 느꼈다. 예수와 마리아께 사뭇 부끄러웠다. 예전과는 달리 이제는 수도사들 덕분에 지붕 있는 집에서 자고 그럴듯한 옷도 입고 먹을 것도 충분했지만 그럴수록 그저 논다니에 지나지 않는 자기 자신이 부끄러워 슬펐다.

"내 꼴이 이게 뭐람? 난 여기서 뭘 하고 있는 거지? 나만 빼놓고 모두 하느님을 섬기고 있어. 난 하는 일이 없잖아. 기도도 제대로

할 줄 모르고 수사님들이 주시는 빵만 그저 받아먹으며 빈둥거리고 있어!"

그는 자주 그렇게 중얼대곤 했다. 그런 가운데 크리스마스가 다가오자 바나비는 더욱 슬퍼졌다. 크리스마스에 수사들이 일 년 동안 힘들여서 만든 귀한 것을 아기 예수와 성모 마리아께 바칠 것이라는 이야기를 듣고 그는 정말 캄캄한 절망에 빠졌다.

그렇게 괴로움에 빠져 있던 바나비는 미사를 알리는 종소리를 듣고는 얼핏 영감에 사로잡혔다.

"그래, 나는 나 나름으로 하는 거야. 내가 배워서 익힌 나만의 재주를 아기 예수와 성모님께 바치는 거야!"

어린 곡예사는 수사들이 큰 성당에 모여 기도하는 틈을 타서 아무도 없는 작은 성당으로 들어갔다. 그의 손에는 굴렁쇠와 막대기와 공이 들려 있었다. 그는 겉옷을 벗고는 성모 마리아 앞에 섰다.

"사랑하는 성모님, 저를 맡기오니 받아주소서. 제가 아는 건 이것뿐이니 비웃지 마셔요. 하느님의 도움으로 제가 할 줄 아는 단 한 가지 방법으로 성모님을 섬기도록 애써볼 게요. 저는 성모님을 위해 노래를 부르고 기도문을 읽을 줄은 몰라요. 제가 할 수 있는 것은 성모님 앞에서 제가 제일 잘하는 재주를 부리는 것뿐이어요. 꼭 엄마 소 앞에서 깡충깡충 뛰노는 송아지 같을 거예요."

바나비는 그전에 거리에서 하던 그대로 갖가지 재주를 부렸다.

그의 곡예는 작은 성당이 빈틈을 타서 수사들 몰래 며칠이고 계속되었다.

하지만 이상한 낌새를 느낀 수도원장과 또 다른 수사가 바나비의 뒤를 밟아 작은 성당에서 그가 하는 짓을 몰래 들여다보게 되었다.

마침 크리스마스라서 바나비는 아기 예수 앞에서 더 열심히 재주를 부렸다. 물구나무를 서고 발끝으로 굴렁쇠를 돌리면서 갖가지 곡예를 해 보였다. 하지만 너무 열심히 재주를 부린 탓에 꼬마 곡예사는 지치고 말았다. 그는 자리에 눕자 이내 잠에 빠져들었다.

바로 그때였다. 문틈으로 몰래 들여다보던 원장과 수사는 문득 눈부신 광채가 방 안을 가득 채우는 것을 보게 된다. 그리고 그들의 눈앞에는 기적의 장면이 펼쳐진다.

벽감壁龕에 모셔진 마리아가 가만가만 내려오더니 잠든 소년에게 다가갔다. 마리아는 꼬마를 무릎에 안더니 손수건을 꺼내 그의 얼굴에 부채질을 해주었다. 뿐만 아니라 마리아는 깊이 잠든 소년에게 뽀뽀까지 해주었다.

그 광경을 보고 있던 원장과 수사는 부끄러움을 느꼈다. 작은 성당 안에서 펼쳐진 소년의 공연을 못된 짓, 나쁜 짓이라고 생각한 것이 뉘우쳐졌다.

다음 날 원장은 바나비를 불렀다. 그는 겁을 먹은 채 원장 앞에 섰다.

원장이 물었다.

"네가 작은 성당에 숨어서 무슨 일을 했는지 말해줄 수 있나?"

겁을 먹은 소년은 자신이 한 짓을 털어놓으면서 용서해달라고 빌었다.

"아니야, 나의 어린 형제야. 약속하마. 너는 이제 두고두고 이 수도원에서 살게 될 것이다. 그리고 네게 명령하겠다. 너는 그 예배를 계속하여라. 네가 하던 그대로. 다만 터놓고 재주껏."

바나비는 믿을 수가 없었다. 그러나 그는 원장이 시킨 대로 당당하게 아기 예수와 성모 앞에서 재주를 부렸다. 이 대목에서 원작인 바버러 쿠니의 《꼬마 곡예사》는 다음과 같이 마무리된다.

"그는 신나게 공중제비를 하고 신나게 예배를 드린 것입니다."

그래서 소년 곡예사 바나비는 제 본분을 다하는 사람의 행복을 마음껏 누리게 된 것이다.

한여름, 아낙들의 신명 소리
- 그림 속 행복 -

미술 작품에서도 우리는 행복이며 쾌락을 곧잘 보게 된다. 진하게 그런 느낌을 받게도 된다. 자연을 그려낸 풍경화에서도, 사물들을 묘사한 정물화에서도 간접적으로 인간이 누리는 행복이며 쾌락을 맛보게 된다. 인간을 직접 묘사한 작품은 더 말할 것도 없다.

장난 반 일 반, 김홍도 1

김홍도의 풍속도에는 재미가 넘친다. 익살이 물구나무를 서고 유머가 술렁인다. 문득 삶이 밝아지고 일상사가 훤해진다. 풍속화를 그릴 때 김홍도는 최고의 코믹 스타가 된다. 〈우물가〉라는 그림만 해도 그렇다.

물 한 모금 달라기에 샘물 떠주고
그러고는 인사하기에 웃고 받았죠.
평양성에 해 안 뜬대도 나는 몰라요.
나야 무슨 죄 웃은 죄밖에.

이런 김안서의 시를 그림으로 그린다면 바로 〈우물가〉가 될 것이다.

마을 어귀의 우물이다. 아낙들이 물일을 하고 있다. 지나가던 과객이 목이 말랐을까? 한 아낙에게 물 한 모금을 청한다.

아낙은 바가지로 물을 퍼서 내민다. 꿀꺽꿀꺽! 시원하게 목을 축인 과객이 바가지를 돌려준다. "고맙소." 그 한마디가 시원하다.

바가지를 받아들면서 아낙이 고개를 숙이고는 살짝 웃는다.

사건은 그것이 전부이다. 하지만 남남끼리 그것도 남녀끼리 웃음은 예삿일이 아니다. 그것도 아낙이 웃었으니. 평양성에 해가 안 뜨는 것 같은, 무슨 큰 일이 벌어질 법도 하건만 아낙은 나 몰라라 하고 시치미를 뗀다.

이런 한순간의 정경을 김홍도의 〈우물가〉는 그려 보이고 있다. 그림에서 앞가슴을 벌겋게 내놓은 사내에게 고개를 외로 꼬고 물바가지를 건네는 젊은 아낙이 바로 시 속의 여인이다. 그림을 보는 사람들은 그 아낙의 고갯짓이며 몸짓에 절로 웃음을 짓는다.

이런 익살이 김홍도 예술의 본바탕이다. 이는 〈기와잇기〉에서

김홍도, 〈우물가〉

김홍도, 〈기와잇기〉

도 마찬가지다. 집주인 같아 보이는 사람이 지켜보는 가운데 여섯 명의 일꾼이 제각각 부지런히 일을 하는 정경이 정겹다. 고되다거나 괴롭다거나 하는 기척은 전혀 없다.

그중 지붕 위에서 기와를 얹고 있는 사내가 눈길을 끈다. 곁에 포개진 기와를 그냥 집어서 제자리에 앉혀도 될 걸, 그는 굳이 딴전을 피우고 있다. 기와 한 짝을 훌쩍 날려 올리고는 받아낼 자세를 취하고 있는 것이다. 날려진 기와를 올려다보는 그의 표정이 멋지다. 그래서 그가 일을 하는 건지 장난을 치는 건지 가리기가 쉽지 않다. 어쩌면 장난 반, 일 반일 것도 같다. 그는 놀이하듯이 일을 하고 있다. 그것이 그의 별난 18번이고 장기 같다. 그래서 그에게는 일이 즐겁다. 그에게 노동과 쾌락은 둘이면서 하나이다.

그런데 김홍도는 그것이 이 그림 전체의 분위기를 대변하듯이 중점을 주고 있다. 그것이 가장 크게 눈에 띈다. 그래서 이 풍속화가는 소리치고 있다.

"일은 즐겁게! 노동은 쾌락이게!"

한여름 아낙들의 쾌락, 김홍도 2

제법 깊숙한 어느 골짝을 휘돌아 흐르는 개울 소리가 요란하다. 널따란 두 바위 사이를 헤쳐 나가는 물길이 폭포처럼 내리 꽂힌다. 물거품이 하얗게 날린다. 삼복 날씨도 저만큼 비켜 있다.

눈에 드는 모든 정경이 그저 상쾌하고 시원하다.

김홍도, 〈빨래터〉

빨래하는 아낙네의 방망이 소리가 요란하다. 쭈그려 앉은 채로 무릎 위까지 훤히 드러내고는 방망이질에 넋이 팔린 아낙 곁에 역시 방망이질을 하고 있는 또 다른 아낙이 허벅지까지 내놓고 있다. 묵은 시대에는 반쯤 벗어젖힌 반라半裸나 다름없는 모습이다. 당시로서는 거의 포르노에 가깝다고 해도 과장은 아닐 것 같다.

그런 꼴로 두 아낙은 신나게 방망이질을 하고 있다. 통통한 얼굴들은 원만하다 못해 애교 만점이다.

방망이질하는 두 아낙 앞에는 또 다른 아낙이 치맛자락을 무릎까지 걷어붙인 채로 비스듬히 허리를 굽히고는 빨래를 짜고 있다. 이 아낙 역시 당시 기준으로는 반 벌거숭이다. 퉁퉁하게 살이 오른 허리가 정겨워 보인다.

그런데 이들 세 여인이 빚어내는 정경만으로도 삼복더위가 날아가는 판에 이를 더한층 부채질하는 장면이 지척에서 연출되고 있다.

판판한 바위에 앉아 갓 감은 머리를 손질하는 아낙이 그렇다. 편하게 퍼질러 앉은 그녀는 아예 두 허벅지 안까지 드러내고 있다. 두 허벅지 사이의 국부가 드러날듯 말듯 아슬아슬하다.

당시로서는 대단한 포르노이다. 덕분에 이 네 번째 아낙은 다른 아낙들을 압도하고 있다. 이 아낙은 아이가 치마폭을 헤집고 엉겨드는 것쯤은 아랑곳하지 않는다. 쪼그리고 모은 두 발끝에 빗을 놓은 채로 긴 머리카락을 시원스레 손질하고 있다.

계곡에서 벌어지는 풍정風情이 상쾌하고 즐거워 보인다. 네 아낙은 빨래를 하든 머리를 감든 일을 하고 있다는 무거운 기척을 티끌만큼도 보이지 않는다. 아니, 그런 일 자체가 흥청대고 있다. 그 분위기는 세차게 쏟아지는 개울 물살과 어우러져 있다.

보는 이들이 절로 웃음 짓고 마음 시원해질 정경을 김홍도는 이 〈빨래터〉에 담아내고 있다. 보는 이들의 가슴이 상쾌하게 씻겨나갈 것이다.

머리를 손질하고 있는 아낙은 말할 것도 없이 즐겁다. 그런가 하면 빨래하는 세 아낙도 신명에 겨워한다. 빨래는 그렇게 즐겁다. 전체가 흥청대고 있다. 일을 마음껏 한다는 그 사실 자체가 이미 행복이다.

그런데 김홍도는 한 수 더 떠서 난데없이 '피핑 톰Peeping Tom'을 등장시킨다. 남들이 보아서는 안 될 은근한 장면, 즉 에로티시즘eroticism과 연관된 장면을 도둑질하듯이 몰래 들여다보는 사람을 피핑 톰이라고 부르는데 〈빨래터〉에서는 선비가 피핑 톰이다.

그는 한여름인데도 갓을 쓰고 두루마기를 입고 있다. 이를테면 의관을 정제하고 있다. 양반 사대부이거나 그만한 선비로 보인다. 그런데 그런 사내가 하는 짓은 영 아니다. 몸을 숨기고 부채로 얼굴을 가리고는 여인네들이 벌이는 반라의 쇼를 훔쳐보고 있다.

여기서 그림은 한층 더 익살을 더한다. 아낙들의 옷차림이며 몸놀림에 더해 선비의 몰골이 보는 이들에게 웃음을 자아낸다. 화폭은 한순간에 그만 난센스 코미디가 되고 만다.

그림 속에 등장하는 인물들이나 그림을 보는 사람이나 다같이 익살에 휘말린다. 그것이 김홍도가 자신의 화폭에 담은 흥이고 신명이다. 쾌락이다.

번개가 치고 벼락이 떨어지는데도, 조르조네

〈태풍〉은 조르조네Giorgione의 가장 유명한 작품 중 하나이다. 16세기 초 르네상스시대 베니스가 낳은 뛰어난 화가였던 조르조네는 〈잠자는 비너스〉, 〈철인들〉과 더불어 〈태풍〉을 3대 걸작으로 남겼다. 그야말로 어느 것이나 명작이다.

조르조네, 〈잠자는 비너스〉

〈잠자는 비너스〉에서는 가까이로는 낮은 언덕이 펼쳐지고 멀리로는 그림자 진 산이 아스라이 펼쳐지는 가운데 누드의 여인이 팔베개를 하고 편하게 잠들어 있다.

은근한 에로티시즘이 흐르는 가운데 비너스의 알몸은 마치 아름다운 꽃송이 같다. 그것은 하늘과 평원이 아우러진 대자연의 정화精華 그 자체이다.

대자연이 배경이 되기는 〈태풍〉도 마찬가지이다. 강이 흐르는 숲 가장자리, 저 멀리 하늘은 온통 시꺼먼 구름으로 뒤덮여 있다. 가까이로는 나무들 뒤로 집들이 옹기종기 모여 있고 강을 가로지른 다리가 보인다.

멀리 맞은편 하늘에는 검은 구름들 사이로 번갯불이 번쩍인

조르조네, 〈태풍〉

다. 분명 벼락도 치고 있을 것이다. 가까이로는 바람에 키 큰 나무들이 세차게 흔들리는데 바로 그 아래, 물가의 둔덕에 한 여인이 앉아 있다.

알몸이다. 겨우 어깨에 흰 천 조각을 걸친 것이 전부이다. 그녀는 그렇게 알몸으로 아기에게 젖을 물리고 있다.

검은 구름에 덮인 하늘, 세차게 흔들리는 나무, 거친 물살이 이는 강……. 아무리 주위를 둘러보아도 거칠고 험하기만 하다. 벼락 치는 소리가 우짖는 바람 소리와 함께 들려온다.

그런 다급한 상황에도 아기를 안은 여인은 태평스럽다. 눈매가

초롱초롱하고 앉은 자세가 듬직하다. 뚱뚱하지도 야위지도 않은 알맞은 몸매는 거칠고 황량한 날씨가 믿기지 않을 만큼 나긋나긋하다.

폭풍 속이다. 그런데도 모정은 차분하고 다소곳하다. 아기에게 젖을 물리고 있는 그 마음의 충만감을 태풍도 어쩌지 못한다. 어머니가 되어 비로소 누리는 행복감을 태풍은 오히려 돋우고 있다. 거기 지극히 복된 어머니의 정이 어려 있다.

환희의 지상 낙원, 보슈

미술작품들은 말할 것도 없이 인간이 누리는 즐거움이며 환희를 그려낸다. 다디단 꿈에 젖은 듯 고요하게 만족감이며 행복감을 그리는 한편 약동하고 끓어오르는 환희를 묘사하기도 한다.

그래서 작품을 대할 때 우리 가슴은 명상하듯이 은은한 기쁨에 뿌듯해지기도 하고 용솟음치는 환희에 달아오르기도 한다.

조르조네의 작품인지 티치아노Tiziano의 작품인지 의견이 분분한 〈전원 음악회〉는 전자의 보기가 될 것이고 160쪽에 실린 보슈 Hieronymus Bosch의 그림은 후자의 극단적인 본보기가 될 것이다.

보슈의 그림은 글쎄 뭐라고 해야 할까? 우선 말문이 막힌다. 그리고 눈이 휘둥그레진다. 기괴하다고 해도 괜찮을 것 같다. 상상을 넘어선 초월적인 환상이 넘실대는가 하면 아주 사실적인 장면도 있다. 서로 다른 것들이 뒤엉긴 혼효混淆가 설레고 있다. 전체

티치아노, 〈전원 음악회〉

장면은 그야말로 하이브리드이다.

그렇게 인물상과 동물상이 펼쳐진 그 위로는 르네상스시대에 한창이던 연금술과 천문학 그리고 기하학으로 비로소 가능했던 환상적이고 입체적인 도형들이 넘실대고 있다. 그것은 그 아래에 그려진 인간이나 동물의 야생적인 세계와는 사뭇 다른 과학의 세계이다. 이로써 그림은 거듭 하이브리드가 된다.

그런데 역시 가장 크게 주목을 끄는 장면은 사람들로 채워져 있다. 그중 별별 포즈를 취하고 있는 벌거벗은 사람들이 가장 눈에 띈다. 에로티시즘에 젖은 남녀, 알몸을 과시하듯이 내보이고

보슈, 〈지상 낙원〉

있는 계집과 사내들, 물놀이를 하는 자들, 동물들을 타고 내달리는 남자들 곁에 온갖 동작의 동물들이 판을 친다.

온통 도취와 황홀의 세계이다. 인간 생명의 가장 원시적인 쾌락이 가득한 세계이다. 그림의 중간부터 아래까지 충동적이고 자극적인 즐거움이 극적으로 연출되고 있다. 그중 가장 아랫부분에는 인간이 누릴 수 있는 극치의 에로티시즘이 요동치고 있다. 물구나무를 선 채 음부가 가려진 아랫도리를 한껏 과시하는 여인이 있는가 하면 알몸으로 서로 어우러진 남녀의 모습도 너무나 생생하다. 그런데도 음란하거나 문란해 보이지 않는다. 인간의 야성이 살아난 극단에서 마땅히 누려야 할 신바람이 설레고 있기 때문이다.

인간이 원시성을 되살림으로써 누리게 될 쾌락의 극치가 너무

나 생생하다. 그래서 이 그림에는 이런 제목이 붙은 것이다. 〈지
상 낙원〉!

그렇다. 이 그림이 담고 있는 광경은 인간이라면 누구나 품고
있을 꿈이다.

아름다움의 축복, 보티첼리

우거진 숲이 보이는 가운데 꽃이 흐드러지게 피어 있다. 바람
에 날리는 꽃잎도 보인다. 바야흐로 봄이 한창이다.

거기 지상에 여덟 명의 인물이 그려져 있다. 둘은 남자이고 나
머지 여섯은 아리따운 여자이다. 그러니 이 그림에서는 아무래도
여자들이 주연급이고 두 남자(한 명의 청년과 한 명의 소년)는 조연
급일 것 같다.

화폭은 화사하고 풍성하다. 무슨 사연이 설레고 있을 것 같다.
하지만 이 작품의 창작 동기나 유래는 별로 알려지지 않았다. 따
라서 작가의 의도를 통째로 읽어내기는 쉽지 않다. 다만 전체로
화락和樂하고 풍성하면서도 어딘지 모르게 신비롭다는 점만은
짚어낼 수 있을 듯하다.

가장 오른쪽에는 서풍의 신인 제피로스가 속살이 비치는 엷
은 비단을 걸친 클로리스를 껴안으려는 것이 보인다. 그런데 클로
리스가 입에 물고 있는 꽃잎은 그들의 사랑으로 클로리스가 꽃의
여신 플로라로 변신함을 의미한다. 클로리스 바로 왼쪽에 온몸을

보티첼리, 〈봄〉

꽃으로 치장한 여자가 바로 플로라이다.

그 꽃의 여신 바로 옆에는 비너스가 곱상하면서도 단정하게 오른손을 들고 있다. 그리고 비너스 옆에는 역시 알몸이 비치는 옷을 걸친 세 여인이 어울려서 춤을 추고 있다. 그리고 그들 옆에는 신들의 심부름꾼인 헤르메스가 서 있고 그들의 머리 위로는 사랑의 신 큐피드가 날고 있다.

그러니까 구도상 비너스가 한가운데 자리하고 그 좌우로 윤무輪舞하는 세 여인과, 플로라의 변신과 관련된 세 인물이 자리 잡고 있는 셈이다.

이런 구도를 생각하면 아름다움의 여신 비너스를 중심으로 왼쪽에는 봄의 상징인 꽃의 여신이 탄생하는 과정이 그려져 있고 오른쪽에는 미의 여신들이 춤추는 봄의 축제가 묘사되어 있는 셈이다. 요컨대 봄의 탄생과 축제가 비너스가 지켜보는 가운데 그려져 있는 것이다.

그렇다면 보티첼리Sandro Botticelli의 〈봄〉은 무엇을 말하고 싶은 것일까? 그것은 다름 아니라 봄이 신화시대 이래로 줄곧 인류의 축제였음을 말해준다. 다시 말해 봄은 인류가 누리는 축복의 계절, 행복과 즐거움의 계절이다.

땀 흘려 행복을 빌고 짓는 사람들
- 르포르타주 속 행복 -

일간신문에서 행복은 어떤 대접을 받을까? 어떻게 다루어질까? 그것이 궁금하다.

하지만 따지고 보면 새삼 궁금할 것도 없을 것 같다. 행복, 그것은 특수한 화제가 아니다. 기사로서 특종감이 못 될 뿐더러 사회면의 일반 기사로 다루기에도 마뜩지 않을 것 같다. 그것이 신문과 행복의 보통 관계일 것 같다.

하지만 현실은 그렇지 않아서 행복이란 그 두 글자가 기사 제목에 찍혀 있는 것을 드물지 않게 보게 된다. 가령 2010년 7월 6일부터 8월 6일까지 32일 동안 두 일간지인 서울의 J일보와 대구의 M신문에서 자그마치 열세 번이나 행복이란 활자가 커다랗게 찍힌 기사를 보았다.

이는 행복이란 말 자체는 흔히 쓰이지만 막상 행복을 누리는 사람은 드물기 때문에 행복이 능히 일간지의 기삿거리가 될 수 있다는 의미일 것이다. 즉 행복이 별날 수도 있다는 의미일 것이다.

여기 보태어 일부 광고에도 다음과 같이 행복이란 단어가 흔히 등장한다.

우리 엄마를 어머니라 부르는 사람, 친구.
당신이 행복입니다.

자연자란 엄마 사랑 대잔치
건강 한 박스
행복 두 박스
사랑 세 박스

생명을 살리는 행복한 기적, 낙동강에서 시작됩니다.

"단란한 가정에는 행복이 온다. 여러분의 중소기업은행(1964년도 잡지 광고)."
이런 광고를 하던 시절에도 고객의 행복만을 생각했습니다.

첫째 것은 어느 대기업의 홍보용 광고이고 둘째 것은 어느 건강 식품의 광고이다. 셋째 것은 광고라기보다는 홍보로 M신문 사회면의 맨 아래 광고 칸에 실린 것이다. 넷째 것은 어느 은행이 창립 49주년을 맞아 "고객님의 성원에 감사드립니다"라는 인사를 앞세워서 일간지에 전면으로 낸 광고이다.

신문 지면에서 또는 광고나 홍보의 주제로도 행복은 대단한 활약을 하는 셈이다. 그래서 우리는 신문 지면에 실린 행복에 관심을 기울이게 된다.

행복식당, 집 밥 같은 점심―저녁엔 막걸리 한잔 '행복해요'

온종일 집안 깔깔깔…… 다둥이 가족의 행복

그라운드에서 뛸 수 있다는 것만으로 난 행복했다

알뜰 장터, 아줌마는 행복해…… 다문화가정 아나바다 장터

"나는야 행복한 슈퍼마켓 사장입니다"

"기부는 특권이며 행복""베푸는 기쁨은 둘도 없는 것"
포브스 "미 갑부 40명이 약속한 돈 다 모으면 최소 175조 원"

모두 사회면, 문화면, 아니면 특집면에 실렸던 기사의 제목들

이다. 이 기사들이 소개하는 행복은 으레 그럴 만해서 누리는 행복들이다. 어느 개인이나 단체가 갖출 것을 갖추고 누릴 것을 누리면서 향유하는 행복이기는 해도 아무래도 좀 남다른 행복을 다룰 것 같기는 하다. 예를 들어 세 번째 제목의 경우 아주 뛰어난 야구선수에 관한 기사이기 때문이다.

절도·퍽치기 가출 소년
"저를 세상은 '6호'라고 부릅니다. 그런데 행복해요, 왜냐고요?"

장애인 행복한 동네는 모두가 행복한 곳

몸 가누기 힘들어 젓가락질 겨우…… 그래도 행복했던 점심 나들이

한편 위와 같은 제목이 붙은 세 편의 기사는 그 질에 있어서 앞서 소개한 여섯 편의 기사와는 다르다. 앞서 제목으로 소개한 여섯 편의 기사는 그럴 만해서 누리게 되는 행복을 다룬다. 이는 '순행順行하는 행복'이라고 부를 수 있을 것이다.

이에 비해서 바로 위에 제시된 기사는 '역전逆轉하는 행복'을 다루고 있다고 해도 좋을 것 같다. 온갖 악조건에도 불구하고 이를 이기고 넘어서서 비로소 누리게 될 행복에 대해 말하기 때문이다. 고통, 좌절, 굴욕, 수치 등에도 불구하고 마침내는 역전극이

벌어져서 행복을 거머쥐는 것이 이들 기사의 공통점이다.

그런가 하면 다음과 같은 색다른 제목의 기사도 있다.

걷기-명상, '행복 호르몬' 분비 촉진한다

이것은 인간이 향유하는 행복이 평소의 생활 태도만이 아니라 인간의 생리 현상과도 관계되어 있음을 알려준다.

이름만 대면 누구라고 알 만한 매우 유명한 정신과의사가 최근에 출간한 《세로토닌하라!》라는 저서를 한 일간지가 소개하면서 그 기사에 위의 제목을 달고 있었다.

인간이 행동하고 생각할 때 대뇌에서 내놓는 '세로토닌'이란 호르몬이 인간에게 행복감을 맛보게 한다니 놀랍고도 신비로운 일이다. 그래서 지은이는 세로토닌을 아예 '행복 호르몬'이라 부른다. 호르몬 속에 인간의 행복이 있다니 놀라운 일이다.

순행하는 행복과 역전하는 행복

이렇듯이 신문 기사로도 행복은 한몫을 톡톡히 해내고 있다. 그 기사들은 당당하게 외치고 있다.

"물렀거라! 행복 나아간다!"

힘겹고 고생스러운 것이 인생이라지만 요즘 세상에는 그 힘겨움과 고생스러움이 더한층 심각하다. 큰 기업의 사업은 그 경제지수며 수입지수가 날로 높아가는 반면 중소기업은 날로 겪는 고난이 커져만 간다. 이른바 일용직의 경우는 한 달 수입이 100만 원에도 훨씬 못 미친다고도 한다. 젊은층의 실업률도 만만찮다.

이렇듯이 인생이며 사회가 도통 쓰리고 아린 탓에 신문들이 행복 기사를 자주 찍어내는 것은 아닌가 하는 생각이 든다. 이를테면 사회, 경제적 불쾌지수며 불안지수, 더 나아가 불행지수가 커가는 것에 비례해서 행복 기사가 늘어가는 것은 아닐까? 이 생각이 반드시 옳다고 말할 자신은 없다. 그렇다고 그것이 영영 잘못된 생각 같지만은 않다. 그야 어떻든 기사를 소상히 읽게 되면 앞서 잠깐 말한 대로 행복에는 두 가지가 있음을 알게 된다.

하나는 '순행하는 행복'이고 다른 하나는 '역전하는 행복'이다. 물론 이 두 가지 행복은 굳이 앞에서 인용된 신문 기사들에만 한정되는 것은 아니다. 인생 어디에나 두 가지 행복이 있다. 다만 공교롭게도 극히 최근에 언론들이 다루는 행복 가운데 그 점이 두드러지게 드러난 것뿐이다.

순행하는 행복은 순조롭게 일상을 사는 가운데 맛보는 행복이다. 언제나 성적이 좋은 학생이 학기 말에 상을 받아 가슴 뿌듯했다면 그런 것이 바로 순행하는 행복이다. 괜찮게 사는 중류 가정에 모처럼 반가운 손님이 찾아와서 평소보다 잘 차려진 저녁

한 끼를 즐겼다면 이것도 순행하는 행복의 보기가 될 수 있을 것이다.

그러나 역전하는 행복은 다르다. 야구 시합에서 내내 지던 팀이 9회 말에 연달아 안타를 날리고 홈런까지 쳐서 드디어 이기는 것, 그것이 누구나 알다시피 통쾌한 역전이다. 뒤집어엎기이다.

그렇듯이 역경에 시달리고 고난에 허덕이면서도 포기하지 않고 지겹게 질기게 버티다가 드디어 좋은 보람을 쟁취하는 경우에 역전의 행복을 만끽하게 된다. 간난신고艱難辛苦 속에서 불굴의 의지와 노력이 일구어낸 행복이 바로 역전하는 행복인 것이다.

앞서 소개했던 두 편의 신문 기사 제목은 이런 역전의 행복을 다루고 있다.

절도·퍽치기 가출 소년
"저를 세상은 '6호'라고 부릅니다. 그런데 행복해요, 왜냐고요?"

장애인 행복한 동네는 모두가 행복한 곳

두 제목은 그 기사의 전반부가 주인공들의 고난이나 수난을 다루거나 그들 스스로 빠져든 함정에 대해서 말할 것임을 시사한다. 이를테면 주인공들이 처한 부정적인 상황이나 국면에 대해서 이야기하다가 그들이 마침내는 모든 것을 이겨내고 행복을 쟁취했음을 알려줄 것이다.

철저한 마이너스 상황에서 드디어 플러스 상황으로 뒤집어엎어서 일구어낸 행복이 거기 빛날 것이다. 역전승의 함성이 드높을 것이다.

이것이야말로 문자 그대로 전화위복轉禍爲福이다. 불행이나 재난이나 화가 반전反轉해서는 행복이 된 것이다. 운동 경기에서 역전승이 순조로운 승리보다 몇 갑절 더 행복하듯이 인생이란 경기에서도 전화위복의 복이 만만한 복과는 비교도 안 되게 복될 것이다.

멜로드라마라고 불리는 대부분의 소설, 대다수의 드라마가 전화위복을 줄거리로 삼아 대중적으로 환심을 사는 것은 이 때문이다.

아나바다 시장의 즐거움

행복식당, 집 밥 같은 점심—저녁엔 막걸리 한잔 '행복해요'

온종일 집안 깔깔깔…… 다둥이 가족의 행복

그라운드에서 뛸 수 있다는 것만으로 난 행복했다

알뜰 장터, 아줌마는 행복해…… 다문화가정 아나바다 장터

"나는야 행복한 슈퍼마켓 사장입니다"

"기부는 특권이며 행복" "베푸는 기쁨은 둘도 없는 것"
포브스 "미 갑부 40명이 약속한 돈 다 모으면 최소 175조 원"

이 여섯 편의 기사 제목은 순행의 행복에 대해서 알려준다. 순행하는 행복에 기자들의 시선이 머문 것이다.

이중 네 번째 기사는 장터에 넘치는 행복을 묘사했지만 사실 그 장터는 예사 장터가 아니다. 결혼 이주 여성과 그 가족들, 이를테면 다문화 가족들이 위주가 된 장터이다.

2010년 7월 10일 경북의 어느 군민회관에는 '제2회 행복 드림 dream 아나바다 장터'라는 아주 별난 이름을 내건 장이 섰다. 기사에서 현장은 다음과 같이 묘사되어 있다.

얼굴색이 다른 이주 여성과 그 가족들이 가슴에 이름과 번호가 새겨진 명찰을 달고 자원봉사자와 우리말 공부방 선생님들의 안내를 받아 장터에서 물건을 고르느라 시끌벅적했다.

이미 웬만큼 알려져 있다시피 '아나바다'란 "아껴 쓰고 나눠 쓰고 바꿔 쓰고 다시 쓰고"라는 말에서 나왔다. 이런 뜻의 아나바다 장터는 장사를 목적으로 상행위가 이루어지는 곳이 아니다.

그것은 일종의 문화 사업이고 사회 사업이기도 한 것이다. 인정의 교류가 되고 즐거움의 나눔터가 되기도 한다.

파는 사람과 사는 사람이 따로 구별되어 있는 것도 아니다. 각자가 쓰던 중고품을 내와서 미국의 벼룩시장처럼 물물교환도 하게 된다.

시골의 전통 장, 이른바 '오일장'은 그 자체가 상거래에 겸해서 흥청대는 잔치판이 되고 놀이판이 되기도 하는데 요즘 각지 각 단체의 아나바다 장에서 그런 사교성을 두드러지게 엿볼 수 있다. 마음과 마음의 사귐터가 아나바다 장이다.

이와 같이 아나바다 장은 어느 곳에서나 흥청대기 마련인데 이 기사에서 지적하는 '행복 드림 아나바다 장'은 오죽하겠는가.

이 '행복 드림 아나바다 장'은 해당 군의 여성 자원봉사대가 "이주 여성 가족들 간 상호 교류의 장을 마련하고 이들에 대한 지역민들의 지속적인 관심을 유도하기 위해서 마련한 것"이었다. 그러기에 태국에서 시집온 마흔네 살의 아주머니는 장에서 아이들의 신발과 이불을 골랐다면서 이렇게 덧붙인다.

"가족들과 맛있는 음식도 먹고 장기자랑도 하면서 모처럼 즐거운 시간을 보냈다."

이제 우리도 이주 외국인들에게 기쁨을 나누어주고 거기서 기뿜을 느끼는 수준에 이르렀다. 그래서 '행복 드림 아나바다 장'은 행복의 글로벌리즘, 즉 행복의 국제화에 결정적으로 이바지한 것이다. 특히나 서울 등 대도시가 아니라 시골에서 치러졌다는 사실이 특별히 부각되어야 할 것이다.

"이주 여성들이여, 그 가족들이여, 이제 행복의 꿈을 나누어드립니다."

이 외침이 '행복 드림 아나바다 장'에 크게 크게 메아리친 것이다.

다둥이 가족의 보람

이제 화제를 딴 곳으로 옮겨볼까 한다.

온종일 집안 깔깔깔…… 다둥이 가족의 행복

이런 제목이 붙은 기사의 내용을 한 번 들여다볼까 한다. 여기서 '다둥이'는 둘을 의미하는 쌍둥이에서 나온 말일 것 같다. 한 집안에 많은 아기를 두고 있는 것이 다름 아닌 '다둥이 가족'이다. 그것은 다음과 같은 부제副題로도 알아볼 수 있다.

'아이들은 하늘이 주신 선물'—대구 D교회 자녀 셋 이상 신자 100가구 넘어

이 D교회는 이를테면 '다산 가족 교회'인 셈이다. 그런데 하필이면 대구의 대표적인 일간지가 '다산'을 기삿거리로 삼았다는 점에 주목하고 싶다. 두어 세대 전만 해도 다산은 결코 기삿거리가 될 수 없었다.

요즘 시대가 다둥이 아닌, '한둥이 가족'이거나 '외둥이 가족'의 시대이기에 비로소 '다둥이'가 기삿거리로 떠오를 수 있었던 것이다. 저출산 시대라서 다출산 가족이 화제에 오른 것이다.

"아이들은 하늘이 주신 선물"은 까마득히 잊고 있던 말이다. 실로 오랜만에 되살아난 말인 것이다. 아이들을 둔 부모의 행복이 절로 배어나는 말이다.

'귀염둥이', '복둥이', '이쁘둥이', '예쁜이'……. 이들 역시 잊혀진 말, 그리운 말들이다. 두어 세대 전만 해도 아기들은 이런 사랑스러운 이름으로 불렸다. 이 말들에도 자식 둔 부모의 행복감이 넘쳐 난다.

그런데 대구의 D교회에는 '하늘이 주신 선물'이 우쭐대고 귀염둥이, 이쁘둥이가 수선을 떨고 있다. 그래서 이 기사는 이렇게 강조하고 있다.

서른여덟 동갑내기 L씨와 E씨 부부는 딸 둘(열두 살과 아홉 살)과 아들 둘(일곱 살과 세 살)이 보물 제1호다.

이들 내외는 기자에게 자신들의 심경을 이렇게 토로한다.

"치킨 두 마리를 사 오면 순식간에 사라져 우리 부부가 손을 댈 틈이 없어요. 그래도 자기들끼리 잘 노는 모습을 보면 절로 배가 부릅니다."

뿐만 아니라 보험업계에서 일하는 L씨는 이렇게 속내를 털어놓는다.

"경제적으로 빠듯하지만 아이들 키우는 재미와 행복은 이를 채우고도 남습니다."

경제적으로 부족한 집안 사정은 아이들의 먹새와 장난과 웃음으로 채워지고도 남는다는 것이다. 이 고백에는 자식을 기르는 부모라야 비로소 누리게 될 행복감이 고여 있다. 남달리 아이가 많아 살림살이가 힘겨워도 "웃을 수 있는 것은 별 탈 없이 자라는 아이들 덕분입니다"라고 말할 수 있는 것도 바로 그 때문이다. 문자 그대로 다산다복多産多福이다. 많이 낳은 아이들 때문에 하고 많은 복을 누리는 것이다.

그런데 기사 제목에서 보듯이 D교회에는 아이를 셋 이상 둔 가정이 100가구를 넘는다. 그런데 이것만이 아니다. 나이가 사십대 전후인 부목사 11명의 자녀만 해도 서른 명을 넘는다는 것이다. 온 교회의 가족이 서로 누가 더 많이 아기를 낳아 기르는가를 겨루는 것 같다.

외아들, 외딸이 요즘 세태이다. 외동아이는 물론 귀하기가 남다를 것이다. 보다 더 귀엽고 보다 더 사랑스러울 것은 뻔하다.

하지만 자칫 부작용에 휘말릴 수도 있다. 외동은 또래를 사귈 기회가 없다. 사회성이 적어지고 사교성도 드물어지기 마련이다. 그야말로 정신적으로나 정서적으로 외톨박이가 되기 쉽다.

거기에 혼자 자라다 보니 응석받이가 되어 어른이 되어서도 독선적이기 쉽다. 무엇이든 저 혼자서 저 잘난 맛에 빠져들 수도 있는 것이다.

이처럼 사회성 결여와 독선 등 외동아이가 빠지기 쉬운 두 가지 함정은 미리 경계해야 한다. '집안의 고아'가 될 위험성에도 노출되어 있기 때문이다.

그럼에도 요즘은 '외톨이 가정' 시대가 되고 말았다. D교회의 신도들은 그 속에서 당당히 '다둥이 가정'을 이뤄 그들이 아니고는 얻지 못할 행복을 누리고 있다.

행복을 먹는 식당

행복식당, 집 밥 같은 점심—저녁엔 막걸리 한잔 '행복해요'

대구 시내의 반월당 근처에는 '행복식당'이 있다. 1987년 개업한 이 식당은 아예 상호를 '행복식당'이라고 내걸고 있다. 음식만이 아니라 행복도 아예 메뉴에 들어 있음을 식당의 이름으로 과시하는 셈이다.

여름에는 동태전, 황태무침, 생물 오징어, 겨울에는 도루묵, 홍삼 등이 밥상에 오른다. 고등어구이, 피망 고추는 사시사철을 가리지 않는 메뉴이다. 이밖에 다양한 메뉴들이 고객의 입맛을 사로잡지만 뭐니 뭐니 해도 고객의 마음을 사로잡는 것은 바로 '행복식당'이라는 그 상호이다. 단골손님들은 음식과 함께 행복을 맛보고 소화한다.

식당 주인이 자랑하는 맛의 비결은 세 가지이다. 첫째가 신선한 재료, 둘째가 정성 그리고 셋째가 음식의 다양함이다. 그 스스로 이 셋을 3대 깃발로 삼고 있는 셈이다. 24시간 내내 그 깃발을 잠시도 잊은 적이 없다고 그는 말한다.

가령 매일 오랜 단골에게서 장을 보는 것, 고춧가루 전부와 채소 일부는 그의 누이가 충북 괴산에서 직접 기르고 수확한 것을 쓰는 것, 그리고 한 밥상에 열 가지 이상의 반찬을 차리는 것 등

등은 그가 내건 깃발의 구체적인 보기들이다.

그래서 행복식당의 음식에서 앞서 소개한 세 가지 깃발을 앞지르는 또 다른 장점 또는 특색은 바로 '엄마 손 밥상'이라는 점이다.

엄마 손 밥상! 듣기만 해도 입으로 정이 듬뿍 삼켜질 것 같다. 엄마가 가족을 위해 손수 장만한 음식이 차려진 밥상, 그것이 곧 엄마 손 밥상일 것이다.

열 가지도 넘는 먹을거리가 처음부터 끝까지 어머니 손으로 장만되어야 엄마 손 밥상일 것이다. 맛 들인 양념이며 고명도 물론 엄마의 손을 직접 거쳤을 것이다.

하긴 특수한 예외를 빼면 어느 집이든 밥상은 으레 엄마 손 밥상이다. 요즘이라고 크게 달라진 점은 없을 것이다. 하지만 마지막으로 상을 차린 것은 엄마 손일지라도 거기 차려진 음식은 다른 사람의 손을 거친 것이 적지 않는 게 요즘의 실정이다.

마트나 슈퍼에서 파는, 이미 다 만들어져 있는 먹을거리, 이를테면 인스턴트 음식이 엄마의 손을 거쳐서 밥상에 오를 수도 있다. 그래서 심한 경우에는 엄마 손 인스턴트 밥상이 되기도 할 것이다.

그래서 행복식당에서는 우리 각자의 집에서 부분적으로나마 잊혀져가는 순수한 '엄마 손 밥상'을 재현하는 것이다. 식당에 모인 고객들에게 어머니의 정과 정성이 새삼 안겨드는 밥상을 차려내는 것이다. 그래서 잊혀진 모정에 접하는 행복을 맛보게 하려는 것이다.

그런데 값이 결코 부담스럽지는 않다. 개업 당시 점심 한 끼에 1,000원이었다. 그러던 것이 3, 4년 주기로 1,300원, 1,500원, 2,000원 등으로 값이 오르다가 현재는 4,500원이 되었지만 그 상차림에 비해 결코 비싸다고는 할 수 없는 가격이다. 더욱이 저녁에는 점심과 같은 값에 막걸리 한잔이 덤으로 올라온다.

그렇다. 우리는 행복식당에서 감감해진 어머니의 옛정, 그 알뜰살뜰한 정을 맛보는 바로 그 행복에 사무치게 된다. 대도시에 목숨을 기댄 채 누구나 반은 나그네로 삶을 지탱하는 처지에 행복식당은 너무나 정겨운 행복을 전해준다.

행복한 슈퍼마켓 사장

"나는야 행복한 슈퍼마켓 사장입니다"

대구 M신문이 기사 제목으로 내건 문장이지만 원래는 어떤 모임의 취지를 내건 구호요 로고이다.

그 모임이란 중기청이 주최하고 소상공인진흥원이 주관하고 M신문사가 실시하는 '슈퍼 대학'으로 '매일 창업 센터'가 직접 교육을 맡아 운영한다. 2010년 8월과 9월 두 차례에 걸쳐서 열렸

던 이 대학은 소상공업의 활성화를 목적으로 하는 기성인 대학
이다.

이는 M신문에 소개된 '슈퍼 대학' 학생들의 다음과 같은 발언
에 잘 드러나 있다.

"나들가게에 선정되었는데 하나도 모르겠더라고요. 경영 개선을
위해서 더 배우고 싶습니다."

"너무 부대끼지 않게 동네 사랑방처럼 슈퍼마켓을 운영하면서 물
건도 팔고 친절도 파는 영업 공간으로 재탄생시키고 싶습니다."

"조기 퇴직한 시니어입니다. 앞으로 30년은 더 살아야 할 텐데, 슈
퍼마켓 예비 창업자로서 인생이모작을 시작하려 합니다."

그들의 발언에서 짐작하듯이 슈퍼마켓을 갓 시작하려는 사람
들, 아니면 가게를 새로 손질해서 거듭나기를 바라는 사람들이
참여한 것이 다름 아닌 슈퍼 대학이다.

그런데 이들의 발언 가운데 우리의 관심을 끌 만한 대목이 보
인다. 세 발언에 공통된 것은 비록 아주 소규모의 기업이지만 거
기 짙은 집념이 쏠려 있고, 그래서는 강한 의욕이 엉겨 붙어 있다
는 점이다.

"해야지! 만사 어려움 이기고 해내야지!" 그들은 그렇게 소리 없이 외치고 있다.

다음으로는 '나들가게'라는 말이 우리의 주목을 끈다. 누구나 수시로 무시로 마음대로 나고 드는 가게라는 뜻이 '나들가게'라는 말에 담겨 있는 것 같다. 그것은 두 번째 발언에서 언급된 '사랑방', 곧 사랑방 가게와 뜻을 함께하고 있을 것이다.

여기서도 이 소규모 상업인들이 그들 자신의 업소에 부친 경영 철학이 감지된다. 절대로 꿀리거나 주춤대지 않고 크나큰 자긍심으로 자신들의 소임에 임하는 마음의 자세가 당당히 엿보인다.

그런가 하면 셋째 발언에서는 '인생이모작'이란 말이 두드러진다. 이미 퇴직한 직장이 인생일모작이었다면 새로이 시작할 슈퍼마켓의 운영은 인생이모작일 것이다.

정확하게는 모르지만 이 말을 한 사람은 40대에 퇴직한 것으로 짐작되는데 그런 어중된 나이로 맞는 중도 퇴직은 자칫 그를 실의에 빠지게 할지도 모른다. 그런데도 당사자는 새로이 재출발하려는 강한 의지를 인생이모작이란 말에 담고 있다.

이들 세 발언에서는 한 세대 전만 해도 구멍가게라고 일컬어질 만한 작은 규모의 업체를 운영하는 상업인들의 굳건한 의지며 전망이 느껴진다. 작은 규모니 어쩌니 하는 것에 눌릴 기색은 티끌만큼도 보이지 않는다. 그런 것에 좌지우지될 그들의 의지가 아니다.

바로 이런 의지의 사나이들을 위한 교육들, 이를테면 경영학이나 사회학이라고 볼 만한 교과목이 바로 슈퍼 대학의 커리큘럼이다. 대학의 인원은 25명인데 그 가운데 예비 창업자가 20퍼센트를 차지한다.

중기청이 민간 교육기관인 대구의 M신문사 매일 창업 센터, 슈퍼마켓 협동조합, 소상공인 지원센터 등과 손잡고 슈퍼마켓 경영 개선교육을 하는 것은 이 슈퍼 대학이 처음이다.

이 국내 초유의 대학은 그 교과목이 상품 진열과 인테리어, 친절 서비스와 고객 만족 관리, 매출이익 관리, 영업 활성화, 홍보마케팅 기법 등으로 이루어졌고 그 최종 목적은 슈퍼마켓 운영자를 '행복한 사장'이 되게 하는 것이다.

"기업형 슈퍼마켓(SSM)에 동네 상권까지 다 넘길 수는 없지요. 우리도 손님을 뺏기지 않으려면 경영 개선을 서둘러야 한다고 생각합니다."

신청자 중 한 명은 대기업에 추호도 꿀리지 않고 슈퍼마켓을 운영하겠다는 각오로 슈퍼 대학 입학을 결심했다고 한다. 그들은 장차 "나는야 행복한 슈퍼마켓 사장입니다"라고 당당하게 외칠 수 있을 것이다.

억만장자의 기부가 부른 행복

"기부는 특권이며 행복" "베푸는 기쁨은 둘도 없는 것"
포브스 "미 갑부 40명이 약속한 돈 다 모으면 최소 175조 원"

서울의 J일보는 2010년 8월 6일자 국제 면에 이와 같은 제목의 기사를 실었다. 같은 날 다른 신문들도 같은 내용의 기사를 국제 면에 크게 실었지만 제목에 굳이 '행복'이라는 단어를 쓴 것은 J일보뿐인 것 같다.

이들 40명 가운데는 우리에게도 익히 알려진 전 MS회장 빌 게이츠Bill Gates를 비롯해서 연예 산업의 거물인 베리 딜러Barry Diller, 투자자 로널드 페렐먼Ronald Perelman, CNN 창업자 테드 터너Ted Turner, 에너지 분야의 부호 T. 분 피켄스T. Boone Pickens 등 미국의 대표적인 기업인들이 포함되어 있다.

기업인만이 기부에 가세한 것은 아니다. 마이클 블룸버그 Michael Bloomberg 뉴욕 시장, 〈스타워즈〉로 유명한 영화감독 조지 루카스George Lucas 등의 이름도 보인다.

미국의 경제전문지 〈포브스〉의 분석에 따르면 이들 40명이 기부하겠다고 약속한 재산은 최소 1,500억 달러(한화 175조 원)에 달한다. 그들은 모두 살아 있는 동안 또는 사후에 그 재산을 국가와 사회에 기부하겠노라고 약속했다.

물론 개인마다 기부하는 동기며 취지 그리고 기부 대상은 조금씩 다르다. 그러나 그들은 한결같이 으스대거나 잘난 척하지 않고 기부에 대한 생각을 피력한다. 그 가운데는 정말 감동적인 발언도 포함되어 있다.

조지 루카스 감독은 자신의 암울했던 고교 시절을 돌이켜보면서 자신의 기부가 미국의 교육 발전에 이바지하기를 바란다고 말했다. 그런가 하면 빌 게이츠는 이렇게 말했다.

"많은 재산을 갖게 된 것에 감사한다. 하지만 그만큼 내 재산을 어떻게 사용하느냐에 대한 책임감이 크다."

빌 게이츠는 기부 행위를 책임이라고 단언한다. 기부가 특별난 것이 아니라는 말이다. 마땅히 해야 할 일을 하는 것뿐이라는 말이다. 그 발언에는 겸손의 미덕이 숨어 있다.

그런가 하면 부동산 재벌인 엘리 브로드Eli Broad 부부는 빌 게이츠의 발언에서 한 걸음 더 나아가고 있다.

"우리가 많은 재산을 기부할 수 있는 것은 책임이 아니라 오히려 특권이며 행운이라고 생각한다."

빌 게이츠의 발언을 반박하는 말은 아니다. 다만 자신들의 기부 행위가 짐이 아니라 보람이요 기쁨이라는 점을 강조하기 위해 '특권'이란 말을 쓴 것이다. 그것은 행운이란 말로 능히 뒷받침되고 있다.

그런가 하면 기부를 농사에 견준 사람도 있다. 비즈니스 와이어의 창업자인 로리 로키Lorry Lokey는 자신의 기부가 사회의 밑거름이 되기를 바라면서 다음과 같이 말했다.

"농부들이 수확 후 땅에 비료를 뿌려 다시 거름지게 하듯이 내 재산을 되돌려줌으로써 우리 사회를 풍요롭게 하고 싶다."

한편 CNN 창업자인 테드 테너와 투자 자문사 블랙스톤 그룹의 창업자인 피터 피터슨Peter Peterson은 기부를 통해 얻을 수 있는 행복과 기쁨은 세상 무엇과도 바꿀 수 없는 경험이라고 잘라 말한다.

그런데 이 두 사람만 기부를 행복이라고 부르는 것은 아니다.

"내가 보유한 막대한 주식의 1퍼센트를 넘게 쓴다고 해도 내 삶의 질이 향상되거나 더 행복해지지는 않을 것이다."

투자의 천재로 알려진 워런 버핏Warren Buffett은 이런 전제를 깔고는 다음과 같은 결론을 내린다.

“하지만 내 재산의 99퍼센트를 사회에 돌려준다면 다른 사람들의 건강과 행복에 큰 영향을 줄 수 있다.”

이는 기부가 다른 사람들의 행복에 이바지함으로써 기부하는 자신의 행복도 커진다는 의미이다. 40명의 부호 가운데 세 명이나 기부가 곧 그들 자신의 행복이라고 말한다는 사실에 주목하자.

그런데 그들은 자신들의 특권, 책임, 행운, 행복 등으로 표현된 기부가 장차 국외로 퍼져서 기부의 글로벌화가 이루어지기를 바라고 있다. 이번 기부 운동을 주도한 버핏은 2010년 8월 4일 성명을 내고 기부 운동을 전 세계로 넓혀나갈 것이라고 언명했다. 중국의 갑부들이며 인도의 부호들과 직접 만나서 그 운동에 참여해줄 것을 권고하겠다는 것이다.

이미 중국에서도 부호들의 기부 운동이 벌어지고 있기 때문에 버핏의 시도는 좋은 결실을 거둘 것이다. J일보에 따르면 홍콩의 최고 부자인 리카싱李嘉誠은 지난 30년 동안 꾸준히 해온 기부를 앞으로 10년 더 계속하겠다고 선언했다는 것이다. 홍콩 달러로 약 100억(한화로 5,000억 원) 이상을 기부하겠다는 것이 그의 공약이다.

그는 공약을 하면서 ‘용지유도用之有道’란 말을 쓰고 있다. 돈을 벌 때도 도가 중요하지만 쓸 때는 더욱 길을 묻고 도를 따져야 한다는 뜻이다. 즉 올바르게 돈은 써야 한다는 의미로 그가 지칭한

길은 사회를 위한 기부를 가리킨다. 미국의 예든 홍콩의 예든 뜻
이 있는 부호나 갑부는 남에게 또는 사회에 베풀어야 할 책임 또
는 특권을 누리고 그런 베풂의 행복은 소유의 행복을 넘어선다
는 사실을 웅변해준다.

나락에서 건진 행복

절도·픽치기 가출 소년, "저를 세상은 '6'호라고 부릅니다. 그런데
행복해요. 왜냐고요?"

앞에서 인용했던 또 다른 기사 제목이다. J일보는 2010년 7월
24일자 기사에서 한 소년의 불행한 인생 기록을 다음과 같이 시
작하고 있다.

'6호'
두 달 전 5월 가출 소년인 나(17세)는 세상으로부터 이 번호를 받
았다.
"보호 소년에게 장기보호관찰을 받을 것을 명한다."
서울 가정법원 소년부의 판결에 따라 나는 이 번호를 받은 친구
들과 함께 아동보호치료시설인 서울 영등포구의 살레시오 근로
청소년회관에 살고 있다.

이번이 두 번째이다. 죄명은 '야간 건조물 침입 절도'. 서울의 한 대학 도서관에서 지갑을 두 번 훔쳤고 세 번째 범행을 하다 잡혔다.

(…)

이전에는 퍽치기를 하다 '6호'를 받았다. 주거 침입 절도도 있다. 나의 범죄 경력을 조회하면 죄명과 처분일이 기록된 글씨들로 빼곡하다.

여기 6호란 것은 범죄를 저지른 만 19세 이하 소년들에게 법원이 내리는 1~10호의 보호처분 가운데 하나이다. 6호 처분을 받으면 6개월 동안 아동보호시설에서 치료 교육을 받는다. 1~5호 처분을 받으면 보호처분-관찰 등을 받은 다음 집으로 돌아가게 되어 있고 7호 이상은 소년원 생활을 하게 되어 있다.

하지만 이렇게 여러 차례 거듭된 범행 기록과 그로 말미암은 처벌만 가지고 일방적으로 이 소년을 몰아붙여서는 안 된다. 지금부터 10년 전 초등학교 1학년 때 처음 가출한 이래로 그에게는 내내 가정이라는 안식처가 없었다. 가출이 거듭되고 노숙이 계속되었다. 초등학교 6년 동안 무려 23차례나 가출했고 그 뒤로도 비슷한 상황이 되풀이되었다. 그는 '부모 있는 고아'였다.

부모는 일찍 이혼했다. 그래서 소년은 재혼한 어머니에게 한동안 얹혀살았지만 어머니는 시가 식구들의 눈치를 보느라 소년을 학대했다.

재혼한 아버지도 다를 바 없었다. 전남편과의 사이에서 태어난 자식들을 데려온 계모는 이 전실 자식을 눈엣가시처럼 여겼다.

그런 극한 상황 속에서 소년은 자신과 비슷한 처지의 가출 소년들과 함께 절도를 저지르고 길 가는 여성들의 가방을 낚아채는 픽치기를 저지른 것이다. 그건 막다른 골목에서 마지못해 저지른 생존을 위한 처연한 몸부림이기도 했다.

결국 소년은 두 번이나 '6호' 처분을 받게 된다. 두 번째는 그가 재혼한 어머니의 집에서 추방당하다시피 쫓겨나서 혹한의 거리를 방황하던 2010년 2월 서울의 한 대학 도서관에서 현금 3만 5,000원이 든 지갑을 훔친 때문이었다.

그런데 그에게는 모습을 달리한 모정이 기다리고 있었다. 경찰의 연락을 받은 어머니가 구치소로 찾아왔다.

"너를 이렇게 만든 것은 나야. 미안해. 하지만 다시 한 번 더 서로 잘 해보자."

이같이 어머니는 참회하면서 아들을 달랬다. 소년이 처음 맛보는 모정이었다. 모르긴 해도 소년의 가슴은 그 다사로운 정으로 크나큰 감격을 맛보았을 것 같다. 그것이 그가 새 사람으로 거듭날 첫 계기가 되었다.

사법 당국은 어머니의 진정을 받아들여서 소년을 소년원이 아닌 살레시오 근로청소년회관에 들어가게 했다. 그로서는 두 번째로 '6호' 처분을 받게 된 것이다.

그리고 2010년 6월 9일 어머니가 이모와 외숙모까지 데리고 소년을 찾아왔다. 그의 생일을 축하하는 작은 잔치가 벌어졌다. 과일과 잡채와 떡…… 면회소의 탁자에 차려진 잔칫상은 푸짐했다. 소년은 이렇게 쓰고 있다.

태어나서 처음 받아본 새하얀 백설기 케이크 앞에서 내 얼굴이 빨개졌다. 오랜만에 입을 열었다.

"잘 해서 들어온 것도 아닌데……."

일부러 심드렁하게 말했다. 하지만 가슴이 벅찼다. 원망, 분노가 조금씩 사그라진 다음 한구석에 희망과 기쁨이 밀려들었다.

"이봐, 이 새하얀 떡처럼 다시 태어났다고. 이제 한 살이라고 생각하고 새로 시작하는 거야."

엄마가 잘라준 떡을 입 안 가득 밀어 넣었다. 나는 모두 앞에서 오랜만에 활짝 웃었다.

이 대목에서 우리는 앞서 인용한 기사 제목 "그런데 행복해요. 왜냐고요?"의 해답을 얻어낼 것이다.

몸 가누기 힘들어도

몸 가누기 힘들어 젓가락질 겨우…… 그래도 행복했던 점심 나들이

앞에서 인용했던 이 기사 제목은 역전하는 행복을 잘 보여주고 있다. 앞의 가출 소년 이야기와는 다르지만 고통과 고난 속에서 어떤 계기를 맞아 행복했다고 볼 수 있기에 역시 역전하는 행복이라 보아도 될 것이다.

특별한 점심 초대를 받은 아이들의 얼굴에 천진난만한 미소가 묻어났다. 몸을 제대로 가누지 못해도, 누군가 옆에서 떠먹여주지 않으면 음식을 잘 먹지 못하는 아이들이었지만 이날만큼은 며칠을 기다려 온 점심 나들이가 행복했다.

신문 기사는 이렇게 시작하고 있다. 이것만으로도 기사 전체의 내용이 대충은 짐작이 갈 것이다.

대구의 한 요양원에 기거하는 어린 원생들이 근처에 자리 잡은 제법 큰 식당에 초대를 받아서 갔다. 100여 명의 어린 원생들은 기사 제목에서 일러주듯이 숟가락질, 젓가락질도 마음대로 하지 못할 만큼 몸이 불편했다.

그런 그들을 그 식당의 이사가 초대해서 식사를 대접하기로 한 것이다. 평소에도 직원들의 의견을 존중했던 이사는 전 직원의 동의를 얻어 원생들을 초대했다.

"저희는 매출을 전 직원들에게 공개하는 투명성을 원칙으로 하기 때문에 혼자서 초대를 결정한 후 직원들과 요양원을 방문했고 이에 직원들도 흔쾌히 수락해서 이 행사가 있게 되었다."

요양원과 식당은 서로 멀지 않았기에 직원들도 요양원 사정을 잘 알고 있었던 것을 생각하면 직원들의 동의는 피동적인 것이 아니었다. 직원들 스스로도 요양원을 위해 무엇인가 봉사할 기회가 있기를 은연중에 바랐던 것이다. 이를테면 이사의 제의는 이사 혼자의 것이 아니었다. 거기에는 전 직원의 발의가 함께 녹아 있었던 셈이다.

이렇게 해서 요양원생 100여 명과 스무 명의 직원 그리고 10여 명의 자원봉사자가 그 식당의 '화이트 홀'에서 자리를 함께하게 되었다. 현장의 모습을 기사는 다음과 같이 전해준다.

직원과 자원봉사자들이 날라준 뷔페 음식 그릇을 받아든 원생들의 얼굴엔 웃음꽃이 만발했다. 혼자서 숟가락을 사용할 수 없는 아이들은 요양원 직원이나 자원봉사자들이 일일이 먹여줘야 식사가 가능했다.

평소에 외식할 기회가 없던 어린 원생들에게 이것은 대단한 만찬이었고 잔치였다. 손도 제대로 움직이지 못하는 아이들, 고개도 바르게 가누지 못하는 아이들이 봉사자들의 도움으로 모처럼 맛난 음식을 입에 물고 온 얼굴에 떠올린 그 함박웃음! 상상만 해도 누구나 회심의 미소를 짓게 될 것이다.

그런 축복받은 정경을 다음과 같은 자상한 묘사에서 직접 실감하게 될 것이다. 그리고 읽는 사람의 마음도 그 잔치판에 어울리게 될 것이다.

유아용 유모차에 몸을 의지한 여덟 살짜리 한 원생은 잘게 썰어 먹여주는 스파게티 한 입을 물고 기분이 좋아 열린 입을 다물지 못했고, 일곱 살의 한 원생은 자꾸 음식이 테이블로 흘러내리자 아예 턱받이에 음식을 올려놓고 먹기도 했다.

이 정경을 뭐라고 해야 할까? 말이 막힌다. 가슴이 벅차서 생각이 말을 잃는다. 억지로라도 말하려고 하면 다음과 같이 될까?

가시가 촘촘히 박힌 가지 끝에 활짝 피어난 장미송이들!

어린 원생들의 말 못할 환희는 그들이 견뎌내고 이겨내는 그 고통과 고난이 비로소 영글게 한 열매이다.

그런데 더한층 감동적인 것은 식사가 끝난 다음 원생들이 자진해서 감사 표시로 재롱을 떤 것이다. 모르긴 해도 관객들은 눈물 반 웃음 반으로 그들의 재롱을 지켜보았을 것이다.

식당 측은 앞으로 일 년에 네 번 정도 원생들을 초대하겠다고 약속했고 원생들은 박수로 이를 반겼다. 아쉬움을 뒤로 하고 헤어지는 시간 "바깥 녹음 우거진 정원수에선 매미들의 합주가 이어졌다"고 기사는 마무리된다. 그 매미들의 합주는 축복의 합주이자 그날 행사에 참가한 모두가 함께 누린 행복의 합주가 아닐 수 없다.

장애인으로 누리는 행복

장애인 행복한 동네는 모두가 행복한 곳

이 기사 제목은 그 자체가 이미 복음이다. 여기 '모두'란 장애인이 아닌 예사 사람들도 포함한다. 그러기에 "장애인이 행복한 동네는 모두가 행복한 곳"이란 것은 장애인과 정상인이 모두 하나같이 행복한 곳을 의미한다.

그것이야말로 '복지 공동체'나 '복지 사회'이다. 가난한 사람을

나 몰라라 하고 돈 많은 부자들만 행복한 사회나 공동체가 있다
면 그 자체가 이미 '불구不具의 사회'가 아닐 수 없다.

사회란, 공동체란 서로 다른 사람끼리 한데 어울려서 하나가
되는 것을 의미해야 한다. 그 구성원들이 끝까지 서로 따로따로
고, 그래서 서로를 나 몰라라 하면 그들이 사는 곳은 이미 파탄
난 사회이고 공동체이다. 아니 공동체도 사회도 아니다. 바로 이
런 점을 이 기사 제목이 일러주는 것이다.

이 기사에 따르면 2010년 7월 13일 오후 서울 종로구, 성북구,
동작구 구청 앞에서 거의 때를 같이해서 "우리 동네에 같이 살
자!"라는 외침이 울려 퍼졌다.

이는 같은 달 7일부터 14일까지 노원구, 도봉구, 중랑구 등 서
울 시내 11개 자치구에 장애인을 위한 복지 정책 마련을 촉구하
는 릴레이 기자 회견의 일환으로 마련된 행사였다.

이 자리에 모인 30여 명의 장애인은 이렇게 부르짖었다.

"장애인이 행복한 동네는 모두가 행복한 곳입니다. 장애인과 비장
애인이 더불어 함께 살고 싶습니다."

서울 장애인차별철폐연대(장애인연대)에 따르면 2010년 7월 현
재 서울에 사는 장애인은 40만여 명으로 서울 전체 인구의 3.84
퍼센트나 된다. 이 가운데 1, 2급 중증 장애인만 해도 3,994명이

나 된다는 것이다.

그런데 이들은 흔히 사회에서 차별에 시달리고 있다. 뿐만 아니라 그들을 전혀 고려하지 않는 사회 제도나 시설 등으로 크나큰 고통을 겪기도 한다. 그래서 때로 그들은 목숨을 위협받을 만큼 위험한 순간을 맞기도 한다.

일례로 뇌병변장애 1급인 장모(42세) 씨는 2010년 6월 어느 날 전동휠체어를 타고 광화문 광장을 지나다가 지하철 역사와 연결된 중앙광장 계단에서 굴러떨어졌다.

장씨는 "계단이 있다는 사실을 몰랐다. 안전 펜스나 계단 표시가 전혀 없었다"면서 같은 달 16일 국가인권위원회에 진정했다.

이는 우리 사회 전체에 장애인에 대한 보호 장치가 충분하지 못하다는 사실을 보여주는 데서 그치지 않는다. 불행히도 시설은 커녕 아예 배려나 관심 자체가 크지 못하다는 사실을 보여준다.

그런 불리한 조건 속에서도 장애인들은 비관에 빠지거나 포기하지 않았다. 오히려 그들은 떨쳐 일어서서 비장애인들의 각성을 요구했다. 그로써 그들의 상황이 역전되기를 노린 것이다. 그 결과가 다름 아닌 "장애인이 행복한 동네는 모두가 행복한 곳"이라는 구호로 나타난 것이다.

IV

행복한 에피큐리언을
위한 제언

흔들리는 에피큐리언들

우리 한국은 눈부신 경제 발전을 이룩했다. 그런 눈부신 발전은 우리의 긍지이고 기쁨이다. 우선 한국은 OECD 11개 국가 중하나이다. G20개국 중에도 한국의 경제문화적인 위상은 중상을 넘어서고 있다. 수출과 수입 등 범세계적인 교역 규모는 전 세계에서 열 손가락 안에 꼽힐 정도이다. 자동차 생산량이며 수출량은 세계에서 셋째 가라면 서러울 지경이다. 조선 규모는 단연 세계 제일이다. IT는 세계 최강이다. 덕분에 1950년 당시와 비교하면 경제 규모는 무려 750배, 1인당 국민소득은 300배 이상 성장했다.

지난 50여 년, 반세기가 조금 넘는 그 세월을 돌이켜보면 만감이 가슴에 사무친다. 1945년의 해방과 남북 분단, 1950년의 한국전쟁, 전란의 여파가 미처 가라앉기도 전에 겪은 4.19혁명과 과도

기 임시정부의 혼란, 그 뒤를 이은 박정희 정권의 군사독재와 경제개발, 두 개의 준군사정권에 이어지는 몇 개의 공화정권. 그 50년은 정변이 계속되는 혼란과 불안의 소용돌이였다. 자고 일어나면 세상은 달라져 있었다.

그런 격변의 역사를 겪어내면서 우리는 눈부신 경제발전을 이룰 수 있었다. 그 지독한 격변을 직접 경험한 사람들로서는 믿기 힘든 일이었다.

하지만 양지가 짙으면 그늘도 짙기 마련이다. 눈부신 경제 발전만큼이나 우리 사회 이곳저곳에는 그늘이 깊어간다.

우선 빈부차가 심해지고 있다. 그 여파는 88만원 세대라 불리는 젊은 세대에게 특히나 심각한 영향을 끼치고 있다. 2010년 말 세계 주요 14개국의 임금 수준을 비교한 국제노동기구ILO의 세계임금보고서Global Wage Report를 보면 우리나라가 전체 노동자 중 저임금근로자 비율이 26퍼센트에 달해 세계 최고였다고 한다.

그나마 저임금의 일자리조차 잡기가 쉽지 않아 한창 일해야 할 다수의 청장년층이 실업자나 비정규직으로 불안한 삶을 이어간다. 각종 경제지표가 성장에 성장을 거듭할 때마다 누군가는 더 큰 소외감과 박탈감에 괴로워한다.

음지는 또 있다. 바로 범죄가 그것이다. 경제범죄에 더해 성범죄가 날로 기승을 부리면서 사회 전체를 위협한다. 돈과 섹스, 그 둘이 우리 사회의 양대 범죄 동기이다.

나이와 대상과 장소를 불문하고 벌어지는 온갖 성범죄들. 하루가 멀다 하고 들려오는 각종 성범죄 소식에 이러다가는 정말 우리 대한민국이 '강간공화국'이라도 되는 것은 아닌지 걱정스러울 정도이다. 동방예의지국이라고 자부하던 우리나라가 어쩌다 이 지경이 되었을까.

또한 나이와 지위를 불문하고 돈 앞에서 비굴해지고 뻔뻔해지는 세태에 입맛이 써진다. 돈만이 유일한 절대가치가 되어버린 것 같다. 돈은 노력의 소산이고 땀의 열매라야 한다. 이것이 자본주의의 윤리 제1조가 되어야 한다. 그런데 우리 사회에서는 돈이 반윤리적이다. 그래서 돈이 썩고 있다. 돈이 썩으면 사회가 부패한다.

돈과 에로스의 그늘에서

그렇게 썩어가는 돈과 사회를 상징하는 말이 바로 '정경유착'이다. 정경유착이란 정치계와 경제계가 서로 업거니 안거니 해서 서로 단물을 빨고 이득을 챙기는 것이다. 어떤 의미에서는 정치와 경제가 '사회적인 공범'이 되는 것과 마찬가지이다. 이렇게 정치와 경제가 한통속이 되면 온 사회가 쓰레기통이 되고 만다.

거기에 더해 우리 사회에서는 적잖은 사람들이 힘들이지 않고 큰돈을 벌기 위해 혈안이 되어 있다. 주식이나 펀드라는 제도 자체는 흠잡을 수 없지만 이를 통해 돈에 대한 탐욕이 풍선처럼 팽

창하는 것이 문제이다. 탐욕 때문에 결국에는 그런 합법적인 제도마저 투기와 범죄의 온상으로 전락한다. 이 지경이면 주식이나 펀드도 카지노와 다를 바가 없어진다. 돈 놓고 돈 먹는 노름판이 되는 것이다.

그러니 돈 따먹기에 정신이 팔린 사람에게는 인생 자체가 아예 도박판이 되어버린다. 그런 풍조가 젊은층에까지 만연된다면 결국 우리 사회는 돈 때문에 돌아버릴지 모른다.

그런데 돈에 겹쳐서 섹스가 우리 사회를 갉아대고 있다. 도시의 밤, 환락가는 섹스로 넘쳐 난다. 패션이란 것도 섹스를 부추기고 부채질한다. 각종 매체는 더한층 색정적이다. 거기 비춰지는 젊은 여성의 이미지는 섹스의 도발이다.

대중예술을 표방하는 쇼 무대는 에로티시즘 일색이다. 색정이 넘실대고 있다. 지금은 남녀의 사랑, 더 나아가 색정주의를 의미하는 '에로스'는 원래 그리스 신화에 등장하는 사랑의 신이다. 그가 상징하는 에로스는 원래 진리나 이념에 대한 열정까지 포괄하던 말이었다.

그런데 원래의 의미는 잊은 채 그저 "섹스하라!"고만 부추기다 보니 그 욕망을 미처 채우지 못한 사람들이 각종 성범죄를 저지르게 된 것이다. 그러니 에로스가 넘쳐나는 오늘날의 대중예술이나 대중문화는 성범죄자와 공범인 셈이다.

요즘에는 범죄에 버금가는 각종 반사회적인 행동 또한 극성을 부리고 있다. 이는 욕구불만이나 소외감에 시달리는 사람들이 저지르는 반항 또는 저항 같은 것이다.

20세기 중반 미국은 물론 전 세계 젊은이들을 들끓게 한 제임스 딘James Dean의 명화 〈이유 없는 반항〉을 오늘날의 눈으로 바라보면 아예 이유가 없지는 않은 것 같다. 그런 반항이 때로는 폭력이 되기도 하는데 가령 심야의 폭주족이 좋은 본보기이다. 한밤중 다들 잠든 시간 아파트가 늘어선 거리를 폭탄 터지듯 굉음을 내며 질주하는 오토바이족들!

그것을 욕구불만에 시달린 채 소외당한 젊은이들의 항의라고만 보기에는 무리가 있다. 그것은 항의라기보다는 악쓰기이고 추태 부리기이다. 오토바이의 굉음이 터져 나올 때 그들의 양심 또한 함께 폭발해서 산산조각날 것이다.

이런 몇 겹의 반사회적인 흐름에 겹쳐 필연적으로 쾌락주의가 만연하고 있다. "벌고 보자", "먹고 보자"는 이제 옛말이다. 지금은 누구나 "놀고 보자", "즐기고 보자"에 취해 있다.

노래방, 인터넷게임, 카지노, 룸살롱, 호스트바 등은 요란하게, 현란하게, 음산하게 쾌락주의를 부채질한다. 적잖은 사람들이 그것들의 알량한 유혹에 몸을 내맡긴다.

그중 인터넷게임이나 인터넷채팅은 일반 가정에서도 나부대고 있다. 그래서 그만 가정마저도 번쩍대는 환락가가 되고 말았다. 무섭고도 한심한 일이다.

이들은 말초신경을 도취시킨다. 말초신경은 나무로 치면 굵은 가지 끝에 내뻗은 잘디잔 가지이다. 뇌와 척추 등에서 비롯하는 중추신경에서 가지를 쳐서 잘고 가늘게 뻗어나간 미세한 신경이 바로 말초신경이다.

간지럼, 쓰라림, 따가움 등은 모두 말초신경에 전해지는 자극인데, 이들에 견줄 만한 감각의 쾌감快感, 예컨대 짜릿함, 아찔함, 달콤함, 새콤함 등에 깊이 빠져드는 것이 이를테면 말초신경의 도취이다. 대개의 대중문화는 이를 노리고 있다.

폼페이의 멸망, 그 이유는?

오늘날 이른바 대중예술 또는 대중문화가 그걸 부채질하고 선동한다. 지금 당장 인터넷에서 판쳐대는 '3대 주제'를 찾아내면 그 사실이 분명해진다. 성과 욕과 사기야말로 인터넷을 휩쓰는 3대 주제요 스타이다.

그중 검열을 교묘하게 빠져나가 더욱더 노골적으로 변질된 성이 가장 심각하다. 이제 성은 은근한 것이 못 된다. 성의 상품화가 심해지는 것과 더불어 성은 더욱 뻔뻔해지고 있다. 이는 오늘날의 우리가 '감각의 인간'임을 일러준다. 우리가 사고하고 사색하는 인간이 아니라 감각에만 의존해서 살아가는 인간임을 말해준다. 다시 말해 우리는 주어진 정신이며 사고며 정서며 감각이며 감정이며 감성 등이 조화롭게 맞물린 '통일된 전체'를 이루지 못한 채 내적 분열을 겪고 있다. 그야말로 인류의 위기이다.

두 번째로는 인터넷을 도배한 온갖 쌍욕도 여간 큰 문젯거리가 아님을 지적하고 싶다. 이는 사회에 대한 불만과 미움으로 사람들의 가슴이 화로 들끓고 있다는 반증이기 때문이다. 충동적으로 내뱉어지는 욕은 으레 화풀이고 증오憎惡이기 마련이다. 욕이나 쌍소리는 인간관계를 산산조각 내기 때문에 이건 이것대로 우리 사회를 위기로 본다.

세 번째로 요즘에는 사기가 사회관계며 인간관계를 대신하다시피 한다. 크고 작은 각종 사기가 우리나라를 뒤흔들고 있다는 사실은 굳이 지적하지 않아도 될 것 같다. 이렇게 만연하는 사기는 불신을 조장하여 사회를 위태롭게 한다. 서로가 서로를 믿지 못하는 사회는 불행하다.

그런데 문제는 이들 '3대 주제'가 우리 삶의 활력이 되고 재미가 된다는 점이다. 안타깝게도 그 '3대 주제'가 우리의 사기士氣요 모럴이다. 그 재미에 다들 지친 삶을 지탱하고 찌든 삶을 버텨낸다.

이들 '3대 주제'는 우리가 그야말로 어지럽고 문란한 난세亂世를 살아가고 있음을 증언해주고 있다. 그런데 이 난세 속에서 살다 보니 우리는 또 다른 문제와 맞부딪히게 된다.

그것은 감각적인 자극에서 얻어내는 쾌감과 관련되어 있다. 앞서 낱낱이 지적한 오락들은 이제 마약이나 술과 다를 바 없다. 온

몸과 온 마음이 녹아드는 도취에 따르는 쾌감 말고도 순간적인 불기운 같은 흥분에 따르는 쾌감, 얄팍하고도 자극적인 쾌감에 빠져들게 하기 때문이다.

이것은 필경 자기 소모이고 소진消盡임에도 사람들은 여기 사로잡혀 빠져나오지를 못한다. 그 즐거움에 빠진 사람들은 육신을 병들게 하고 더 나아가 이성이며 오성을 스스로 태워 없애거나 녹아서 사라지게 한다. 거기 깃든 쾌락은 정신적 자멸이고 이성적인 자살 같은 것이다.

쾌락이 자기를 소모하는 일이 되어버리면 그 쾌락은 필경 점진적이고 점차적인 자기 소모요 자살 행위로 통하게 된다. 그것은 쾌락 중독증의 말로이다. 그것은 인생의 위기이자 인간의 위기이기도 하다.

폼페이가 최후를 맞을 당시에도, 로마제국이 무너질 당시에도 사회상은 지금과 비슷했다. 폼페이를 망하게 한 것은 베수비오화산의 폭발만은 아니었다. 쾌락과 퇴폐에 젖을 대로 젖은 시민들의 삶이 이미 폭발이 예정된 화산이었던 셈이다.

쾌락의 두 얼굴,
제논이냐 에피쿠로스냐?

인생은 절대로 쾌락은 아니다. 쾌락마저도 삶이 진지해지는 데 이바지해야 한다. 삶은 참다움이라야 한다. 삶의 진실에 이바지하지 못하는 쾌락은 인생의 낭비이다. 그것으로 인해 인생은 허탕이 되고 만다. 아예 소비가 되고 만다. 그러나 인생은 소비가 아니다. 낭비는 더더욱 아니다 .

상품이나 물건은 탕진하면 또 구하고 또 사들이면 된다. 하지만 인생은 한 번 낭비하면 그것으로 만사 끝이다. 그러니 인생이 낭비여서는 안 된다는 말을 항상 마음에 새겨두어야 할 것이다.

하지만 우리의 실정은 그렇지 못하다. 쾌락에 소비가 겹쳐서 우리 사회는 두 겹의 중병에 시달리고 있다.

"소비가 미덕이다." 한때 기업들은, 또 상인들은 이렇게 시민들을 유혹하고 충동질했다. 그런 흐름 속에서 우리 사회도 어느 겨

를엔가 '소비 사회'가 되어갔고 우리의 인생도 당연히 '소비 인생'이 되어갔다.

소비는 낭비와 통하고 허비와 통한다. 그런데 여기서 문제 삼고 있는 소비는 상품의 소비도 아니고 돈의 소비도 아니다. 그보다는 100배, 1,000배, 아니 1,000만 배는 더 무서운 목숨의 낭비, 삶의 낭비이다.

일방적인 쾌락은 삶의 허비이고 낭비이다. 그러나 모든 쾌락이 그렇게 못된 것은 아니다. 쾌락도 쾌락 나름이다. 모두가 유죄는 아니다. 가령 영어로 '에피쿠리아니즘Epicurianism'은 쾌락주의를 의미하는데 그 말의 뿌리는 그리스의 철학자 에피쿠로스Epicouros에게서 찾을 수 있다. 그러니 에피쿠로스의 행동양식이나 사고방식이 곧 에피쿠리아니즘인 셈이다.

그런데 에피쿠로스가 생각한 쾌락은 오늘날의 향락적인 쾌락과는 달랐다. 당대에는 쾌락주의자라 매도당했던 에피쿠로스에게 쾌락이란 친구들과 자연에서 유유자적하면서 담론하는 것이었다. 즉 조선시대의 고고한 선비들이 즐기던 청유淸遊가 에피쿠로스에게는 쾌락이었던 셈이다.

쾌락과 쾌락 사이에서

사실 말썽 많은 단어인 쾌락은 두 개의 얼굴을 지니고 있다. 쾌감이나 쾌적快適이란 낱말이 그렇듯이 쾌락은 긍정적인 것으로 받아들여지기도 한다. 이때는 즐거움이나 기쁨과 거의 같은 뜻을 지닌다.

그러나 앞서도 보았듯이 쾌락은 천대를 받는 경우가 더 많다. '쾌락에 빠진다'느니 '쾌락을 탐한다'느니 할 때에는 타락의 낌새마저도 끼어든다. 이 지경이면 쾌락과 향락은 오직 그 음지만이 드러나게 된다.

이는 그리스의 두 철학자 사이에서 극명하게 드러난다. 쾌락주의의 원조인 에피쿠로스와 그를 거부한 제논Zenon ho Elea에게 쾌락은 전혀 다른 것으로 받아들여졌다.

하긴 쾌락주의자라는 딱지에도 불구하고 에피쿠로스가 추구한 쾌락 그 자체가 이미 서로 다른 두 얼굴을 갖추고 있었다.

창녀와의 교제가 잦았던 그는 10편 이상의 편지를 써서 창녀들에게 주었다고 한다. 그러다 보니 그가 먹고 마시는 일에 골몰했다는 이야기도 전해온다. 영락없이 그에게 쾌락과 타락은 같았던 셈이다. 그것이 쾌락주의자 에피큐로스의 한 가지 모습이다.

그러나 그의 제자들 그리고 후세에 그를 배우고자 한 사람들의 평가는 전혀 다르다. 그는 모임에서도 포도주를 조금만 마셨고 대개는 물로 만족했다고 한다. 음식도 절제해서 조촐한 콩 요리를 즐겨 먹었다고도 한다. 또한 남녀 사이의 육체적 접촉도 삼가는 편이었다고 한다.

사랑의 향락은 아무런 이익도 가져다주지 않는다. 그런 향락이 해만 끼치지 않아도 기뻐할 지경이다.

쾌락주의자로 알려졌던 에피쿠로스는 이런 말을 남겼다. 쾌락주의자인지 그렇지 않은지 알쏭달쏭한 이 말썽 많은 철학자는 동료나 제자들과 함께 자연 속에서 유유자적하면서 철학적인 대담을 주고받았다. 그리하여 그는 정신적인 환희나 쾌락을 고통에서 벗어난 인생의 행복으로 받아들이고 "쾌락이 행복한 삶의 기원이며 목적"이라고 말했다. 여기서의 쾌락은 정신과 영혼의 몫이었다.

물론 그는 육체적 쾌락도 부인하지 않았다. 그러나 스스로 '영혼의 고요한 균형'이야말로 참된 행복이라고 말한 것으로 보아 역시 영혼이며 정신으로 누리는 행복에 더 큰 비중을 두었던 것 같다. 그래서 에피쿠로스에게 철학은 영혼의 구제나 다를 바 없었던 것이다. 물론 그에게는 쾌락도 이와 같은 선상에서 받아들여졌다.

이처럼 쾌락주의자 에피쿠로스에게는 완전히 상반되는 두 면모가 있었던 셈인데 또 다른 철학자 제논은 이런 에피쿠로스를 호되게 깎아내렸다. 그는 에피쿠로스의 철학과 생활 방식을 과격할 정도로 부정하고 거부했다.

제논은 그 풍모가 엄격했고 옷차림은 단출했다. 그리고 욕심을 삼갔다. 그래서 당대 사람들은 과욕寡慾한 사람, 이를테면 욕심을 삼가는 사람을 보면 '제논 같다'고들 했다. 향연, 곧 잔치판에 끼어드는 일이 없었고 음식도 소박한 것을 즐겼다는 제논에게 물질적 쾌락, 감각적 쾌락은 인간의 악덕 바로 그 자체였다.

어쩌면 우리는 쾌락에 대해 제논 같은 태도를 취하고 싶을 테지만 그것은 쉬운 일이 아니다. 그렇다고 무턱대고 에피쿠로스의 편을 드는 것 역시 어려운 일이다.

쾌락에는 타락하는 쾌락이 있을 수 있다. 물론 긍정적인 쾌락도 있을 수 있다. 육체적 쾌락이라고 전적으로 부인할 것도 아니고 정신적 쾌락이라고 해서 오직 그것만을 고집할 일도 아니다. 육체와 정신, 그 둘이 조화를 이룬 쾌락이라면 마다해서는 안 된다. 가령 운동이나 산책 등에서 누리게 되는 쾌락에는 육체적인 쾌감과 정신적인 즐거움이 멋지게 조화를 이루고 있을 테니. 이때 우리는 긍정적인 의미로 에피큐리언, 곧 에피쿠로스다운 쾌락주의자가 될 수 있을 것이다. 그렇게 영혼과 정신의 즐거움에서 행복을 만끽한 에피쿠로스를 본뜨게 될 것이다.

행복한 에피큐리언을 위하여

어느 날 갑자기 현대인의 행복을 대변하는 말로 '웰빙'이 활개를 치기 시작했다. 언제부터인가 정확하지는 않지만 그렇게 오래된 것 같지는 않다. 길어야 2년? 어떻든 웰빙은 새로 만들어진 유행어이다.

그런데 유행어는 대개 패션이나 패션쇼를 닮은 구석이 많다. 아니면 갓 화장을 마친 젊은 여자를 닮기도 했다. 그렇게 유행어는 화려하게 번쩍인다. 웰빙이란 말이 갖는 또는 풍기는 분위기가 꼭 그렇다.

무엇이든 갑자기 유행하는 것은 '번갯불에 콩 구워먹기'를 빼닮았다. 그런데 그 콩이 더러는 여간 맛난 것이 아니다. '웰빙'이란 말이야말로 그렇다.

그런데 유행어에는 그럴만한 근거며 유래가 따르는 경우가 많다. 유행어는 문득 나타나기는 하지만 한밤중에 나타나는 유령 같은 것은 아니다. 그건 허깨비가 아니다. 웰빙 역시 우리의 경제 사정이 좋아지고 삶의 질이 높아지면서 기를 펴기 시작했다.

웰빙과 행복

그건 그렇다 치고 도대체 웰빙이란 무엇일까?

영영사전에서 'well being'을 찾으면 "풍요롭고 건강하게 삶을 지탱하는 것"이라고 되어 있다. 경제적으로 여유 있게, 육체적으로 건강하게 이룩되는 삶이 곧 웰빙인 셈이다. 이것이 바로 웰빙의 큰 뜻이다.

그런데 사전의 풀이를 자세히 읽어보면 "육체적인 건강을 누리고 물질적인 여유를 누리는 것만이 아니라 인품을 가꾸고 교양을 닦으면서 정신적으로도 완숙하고 건전하게 삶을 가꾸어가는 것"이라는 의미가 덧붙여져 있는 것을 알게 된다.

그러니까 진정한 웰빙을 누리려면 첫째로는 육체적인 건강과 경제적인 여유가 따라야 하고 둘째로는 인품, 교양, 정신적인 완숙 등이 갖추어져야 한다. 그런데 이 두 가지 조건 가운데 특히 두 번째 조건에 눈이 간다. 웰빙을 우리말로 '잘살기'라고 번역해 버리면 이 두 번째 조건은 누락되기 쉽다. 흔히 '잘산다'고 할 때는 웰빙의 첫 번째 조건만이 문제되기 때문이다. 그래서 거듭 웰빙의 두 번째 조건을 강조하고 싶다. 누군가 인품을 갖추고 교양을 닦고 정신을 완숙시키지 못했다면 아무리 잘살아봐야 웰빙은 누릴 수 없게 된다.

여기 소개한 웰빙의 사전적 정의 가운데 어느 하나라도 충족시키지 못하면 우리의 삶은 '일빙ill being' 곧 '병든 삶'이거나 '흉한 삶'이 되고 만다는 사실을 유념해야 한다. 섣불리 감각적 쾌락과 물질적 풍요를 좇는 것은 '웰빙' 아닌, '일빙'일 수도 있다는 사실 역시 기억해야 한다.

"잘 먹고, 잘 입고, 잘 놀자!" 이렇듯 소란한 '삼 잘'만으로 웰빙은 어림도 없다. 그것은 타락한 쾌락주의에 불과할 수도 있다.

물론 우리의 생활양식이 모두 그렇다는 것은 아니다. 웰빙을 떠벌려대는 각종 광고들을 지켜보노라면 웰빙을 내걸고 일빙을 부추기는 느낌이 든다. 애초에 '웰빙'을 유행시킨 것도 각종 기업들이 아니었던가? 여기 일부 언론기관과 공공기관이 경박하게 합세하긴 했지만.

갑자기 유행어에 휩쓸리는 사회는 아무래도 경솔하기 마련이다. 겉보기에 바람직해 보이는 유행어일수록 이 사실을 기억해야 한다. 그래서 웰빙을 내세우는 것이 우리 사회의 미숙함을 드러내는 병적인 징후가 아니기를 빌게 된다.

어쨌든 우리는 우리 사회를 휩쓴 유행어를 통해 첫 번째와 두 번째 조건이 제대로 갖추어진 웰빙이 바로 우리가 추구해야 할 행복의 기틀이고 계기라는 점을 깨닫게 된다.

건강과 부에 더해 인품과 교양이 갖추어진 삶이 웰빙이라면 그
것은 인간이 누리게 될 삶의 최고봉이라고 해도 과언이 아닐 것
이다. 웰빙은 곧 '해피빙'이 될 것이다. 누구든 행복을 생각할 때
마다 이 점을 되새기길 바란다.

엔터테인먼트의 복

참 묘하게도 웰빙이 유행하는 것과 거의 때를 맞추어서 '엔터
테인먼트entertainment'란 말이 고개를 들었다. 그렇게 오래된 일
이 아니다.

그런데 그 두 낱말이 앞서거니 뒤서거니 하면서 한 시대의 유
행어가 된 것은 우연만은 아닌 것 같다. 그 두 낱말은 그 뜻이 서
로 물고 물리기 때문이다. 웰빙을 누리면 엔터테인먼트를 향유하
게 되어 있고, 엔터테인먼트를 누리면 웰빙을 겸할 수도 있기 때
문이다. 그래서 둘은 서로 사촌쯤 될 것 같기도 하다.

엔터테인먼트라는 명사의 동사인 '엔터테인entertain'을 영어 사
전에서 찾으면 여러 뜻이 나열되어 있다.

첫째, 재미를 보게 한다, 즐기게 한다, 위안을 준다.

둘째, 대접한다, 반긴다.

셋째, (마음에) 희망을 품는다, 생각을 품는다.

넷째, (남의 의견을) 호의로 받아들인다.

이런 사전의 풀이를 보고 우리는 엔터테인먼트를 '즐거움', '신

명', '희망' 등에서 더 나아가 '행복'과도 연관지을 수 있을 것이다. 누군가 신나고 흥겨워서 재미며 보람에 한껏 젖어 있는 것, 그것이 곧 엔터테인먼트라면 우리는 쉽사리 그것을 행복이나 복과 연관짓게 될 것이다. 흥겨우면 행복하고 신명에 젖으면 복될 것은 뻔한 일이다. 그래서 엔터테인먼트는 곧 행복이요 복이다.

그런데 엔터테인먼트는 기쁨이며 즐거움 등을 스스로 누리기보다는 다른 사람에게 나누어주는 쪽에 좀 더 무게가 실린 말이다. 동사 엔터테인이 자기 자신을 위주로 하는 자동사보다는 남을 대상으로 하는 타동사로 주로 쓰이기 때문이다.

다른 사람을 신나게 하고 흥겹게 하는 것, 그것이 바로 엔터테인이다. 나 아닌 타인을 실컷 재미 보게 하는 것이야말로 엔터테인먼트이다. 엔터테인먼트는 타인지향이다. 자기중심이 아니라서 이기심이 끼어들 여지가 크지 않다. 그것은 베풂이다. 남에게 좋은 것을 베푸는 일이다.

부모의 자식 사랑은 전적으로 베풂이다. 부모는 자식의 삶이 누리게 될 엔터테인먼트의 주체다. 남녀 간의 사랑도 그 경지가 높아지면 베풂이 되기 마련이다. 받는 사랑보다는 주는 사랑의 비중이 높아지게 되어 있다.

독일인들은 사랑을 두 가지 낱말로 표현한다. 하나는 '리벤데liebende'이고 다른 하나는 '게립테geliebte'이다. 앞의 것은 '사랑하다'라는 동사 '리벤liben'의 현재형이 명사로 쓰이는 것으로 굳이 번역하면 '사랑하는 사람'이 된다. 반면 게립테는 동사 리벤의 과거분사로 '사랑받는 사람'이라고 번역된다.

사랑하는 사람과 사랑받는 사람의 대조가 리벤데와 게립테 사이에 있다. 물론 남녀가 사랑을 나눌 때도 한 사람이 이 둘을 겸할 수 있다. 즉 애인을 사랑하는 동시에 그에게서 사랑받는 것이다.

그러나 이상적으로는 리벤데 곧 능동적으로 애인을 사랑하는 쪽의 비중이 압도적으로 커야 한다. 받는 사랑보다는 주는 사랑, 베푸는 사랑 쪽이 월등히 커야 마땅하다. 그가 받는 사랑을 누린다고 해도 그것은 주는 사랑의 부산물에 그쳐야 참다운 사랑일 것이다.

그런데 시인 릴케는 리벤데는 노래했어도 '게립테'를 들먹인 적은 없다. 이 위대한 시인에게 사랑이란 베풀고 주는 것이었다. 그의 시를 읊으면서 우리는 행복이 다른 사람에게서 받는 것보다는 다른 사람에게 베푸는 것으로 더 커질 수 있음을 터득하게 된다. 무엇보다 부모가 자식에게서 누리는 행복이 그럴 것이다. 뿐만 아니다. 사랑하는 남녀 사이에도 받는 사랑보다 주는 사랑에서 더 절절하게 애정을 확인할 때 더 큰 행복을 느낄 것이다. 이점은 사회에서도 마찬가지이다. 가난한 이웃을 위한 베풂이 곧 베푸는 사람 자신의 행복이 된다. 이른바 사회봉사에 참여할 때 당사자는 베푸는 사람의 행복을 만끽하게 될 것이다.

그래서 주는 사람이 아니라 받는 사람이 중심에 서는 엔터테인

먼트가 바로 행복의 기틀이요 바탕이 된다. 그것은 이른바 복지
사회의 터전이 되기도 할 것이다. 이 경우 복지란 사회 구성원 전
체의 복 그 자체가 될 것이다.

우리들 누구나
삶의 궁극은 행복이다!

여태껏 제법 길게 복을 얘기하고 쾌락을 다루고 행복을 살펴보 았다. 마음을 많이 쓰기는 했지만 크게 탐탁지 않아 내심 불만스 럽다.

사실 행복을 논하는 것은 만만찮은 일이었다. 이렇게 따지고 저렇게 따지면서 주어진 주제를 두루두루 다루느라고 애를 쓰긴 썼다. 하지만 행복이란 것이 우리 모두에게 삶의 으뜸가는 지표 요 최상의 지표라는 점을 전제하게 되면 필자의 노력에는 아쉬움 이 남지 않을 수 없다.

"왜 사느냐?"라는 물음에는 각자가 자기 나름의 답을 가지고 있을 것이다. 예컨대 일 때문에, 주어진 과업이나 과제 때문에, 자 식 때문에, 사랑 때문에, 돈 때문에, 명예 때문에, 권력 때문에 등 등 여러 답이 나올 것이다.

　그런데 그런 다양한 삶의 지표는 궁극적으로 한곳에 모일 수도 있을 것 같다. 그래서 왜 사느냐라는 물음에는 "행복하기 위해서!"라는 그 한 가지 답이 매겨질 것 같다. 그래서 행복에는 우리 꿈이 서리고 우리 희망이 서릴 것이다. 성공과 성취도 수반될 것이다.

　하지만 행복은 한 가지 색깔이 아니다. 인간이 경험하는 행복은 다양하고 제각각이다. 여태껏 이 책에서 보아온 하고 많은 사례들이 그렇게 말하고 있을 것이다. 제각각 제 나름의 행복을 인간들은 누리고 있을 것이다. 요컨대 인간의 수많은 일이 그렇듯이 행복은 다양하고 다색하다. 같은 사람이라도 이 상황의 행복과 저 상황의 행복이 서로 다를 것이다.

　그리고 보니 행복을 경험하는 바로 그 순간에 하는 말도 여러 가지일 것 같다.

"아, 신난다!"

"야, 좋아!"

"당장 하늘에라도 오를 것 같아!"

"땡잡았다!"

"만족해!"

"큰 축복이야!"

"드디어 해냈어!"

"근사해!"

이들은 일부의 보기에 불과하다.

그런데 이렇게 행복한 순간 내뱉는 말이 다양하다는 사실을 나쁘게 생각할 것은 없다. 이렇게 다양하고 다색한 만큼이나 행복의 기회가 많다는 뜻이니까. 우리 각자가 하기에 따라 여기저기서 이때 저때에 색깔이 다르고 모양이 다른 행복을 경험하게 될 테니까 말이다. 인생은 그래서 살만 한 것이다. 이 책에서는 무엇보다 그 점을 보여주고 싶었다.

행복에도 지수가 있으니

그런데 사람들이 '큰 행복'이라는 말을 곧잘 쓰는 것을 보면 행복에도 부피가 있고 크기가 있고 무게가 있으리라는 생각이 든다. 그래서 행복을 수치로 따지고 지수를 매길 수도 있으리라는 생각이 든다.

하지만 행복을 수치로 따질 때 절대치란 것이 있을 수 있을까? 행복의 절대치, 다른 것과 비교할 수 없이 오직 그것만으로 절대적인 행복의 수치는 있을 것 같지 않다.

울던 젖먹이는 엄마의 젖을 입에 무는 것만으로 행복할 것이다. 있는 힘껏 달려서 일등으로 골인한 육상 선수는 그 순간만큼은 그 무엇도 아쉬울 것 없는 성취감에 젖을 것이고 행복감을 만끽할 것이다. 본의 아니게 오랫동안 헤어져 있던 애인이 재회의 포옹을 나눌 때 그것은 도취에 젖은 행복일 것이다.

하지만 이중 어느 하나를 다른 하나와 비교해서 보다 큰 행복, 보다 작은 행복으로 등급을 매기려드는 것은 어리석은 짓이다. 그것은 행복을 모르는 바보천치나 할 짓이다. 그러기에 행복에서 절대치는 구하지 않는 편이 좋다.

하지만 어느 개인이나 개체가 같은 조건, 비슷한 상황에서 경험하는 행복은 서로 비교해볼 수 있을 것 같다. 그래서 엇비슷한 집단이나 조직에서 그 구성원이 느끼는 행복감의 높낮이를 짚어보고 '행복지수'라는 것을 매겨볼 수도 있을 것 같다.

이 경우 지수指數는 일종의 통계 숫자이다. 사전에는 물가, 노임이나 임금, 생산, 지능 등의 변동을 일정한 때를 100으로 잡고 비교하는 숫자라고 풀이되어 있다. 그러니까 행복지수는 어느 개체나 단체가 주어진 시기에 경험하는 행복의 높낮이를 나타낼 것이다. 그런가 하면 서로 다른 개체나 단체나 조직이 같은 시점에 겪는 행복의 높낮이를 백분율로 나타낸 것도 행복지수가 될 것이다.

인간이 경험하는 그 귀한 행복은 주관적이고 정서적인 법인데 이를 통계 숫자로 나타내는 것에 거부감을 느끼는 사람도 있을 것이다. 하지만 같은 일을 같은 환경이나 처지에서 하는 사람들이 제각각 다르게 경험할 만족도며 행복감을 수량화하는 것이 전혀 무의미한 일은 아닐 것이다. 그렇듯이 같은 직종의 사람들

이 그 일에서 누리는 행복을 지수로 나타내는 것이 완전히 무의
미할 수는 없을 것이다. 그래서 대구의 대표적인 일간지인 M신문
에 2010년 7월 23일자로 실린 다음 기사에 관심이 쏠리게 된다.

'행복지수 1등 중소기업' 소개합니다

이 기사에는 좀 더 작은 활자로 "중진공, 근무환경-복지 좋은
지역 업체 5곳 구직자 연결"이라는 부제가 붙어 있다. 기사는 "중
소기업진흥공단이 청년층 실업난을 해소하기 위해 '행복지수 1
등 기업 발굴 프로젝트' 사업을 실시하고 있다"라는 문장으로 시
작된다.

이 프로젝트는 중소기업이 전체 고용의 88퍼센트를 차지하고
있는데도 근무환경과 복지 수준이 상대적으로 낮을 것이라는 인
식 때문에 청년 인력을 붙잡지 못하는 상황을 시정하는 것을 목
표로 하고 있다.

그래서 이 프로젝트는 정년 보장, 양호한 교육 시스템, 높은 급
여, 미래 비전을 기준으로 지수가 높은 기업을 골라낸 다음 전문
계 고교, 대학, 고용지원센터, 직업 훈련원 등에 책자와 온라인으
로 알리자는 취지로 시작되었다. 그리고 그 결과로 40개 기업을
소개하는 책자를 청년들에게 나누어주게 되었는데 그 제목이 바
로 "우리 시대 행복지수 1등 기업"이다.

이 책자에 오른 40개의 행복 기업은 실제로 장기근속이 가능하고 연봉이 2,000만 원 내지 2,600만 원대를 유지하며 직원의 복리후생과 인력에 대한 투자를 우선하는 것으로 평가되고 있다.

'행복지수 1등 중소기업'에는 큰 관심이 가지만 뭔가 좀 아쉽고도 궁금하다. 왜 행복 기업이 40곳밖에 없을까?

그리고 누구나 바랄 것이다. 행복지수 1등 기업이 40을 넘어 400, 아니 4,000, 더 나아가 4만 개에 이르기를. 그 수치가, 그 행복지수가 현실이 되기를 바랄 것이다. 그것이 실현되어서 우리나라가 '행복지수 1등 국가'가 되는 날이 멀지 않기를 기원해본다.

한국의 국가 행복지수는?

그러나 현재 한국의 행복지수는 그다지 만족스럽지 못하다. 비관적인 면도 아주 없지 않은 것이 현실이다. 앞서 말했듯이 최근의 언론 보도에 따르면 한국인의 행복도는 전 세계 155개국 가운데 겨우 56위라고 한다.

155개국 중 56위이면 겨우 3분의 1이다. 대학생의 성적에 빗대면 가까스로 C 정도를 받은 것으로 결코 만족스러운 수치가 아니다.

그런데 더한층 참혹한 수치가 있다. 바로 OECD국가 중 한국인의 자살률이 1위라는 점이다. 뿐만 아니다. 이혼율 또한 세계 1위를 향해 달려가고 있다는 점이다. 경제 규모로 전 세계에서 15

위권 안에 든다는 사실이 믿기지 않을 정도이다. 여간 무섭고 소름끼치는 일이 아니다.

이제 한국은 산업이며 경제는 선진국 수준에 육박해 있다. 사회가 다양화하는 만큼 생활 수준도 높아지고 있다. 거리는 눈부시게 번쩍이고 쇼핑몰이며 마트도 흥청댄다. 주말에는 휴가를 떠나기 위해 장사진을 이룬 차들로 고속도로마다 붐빈다.

그런데 그런 번성과 비례하다시피 자살률이 늘고 있다. 10대는 성적 때문에, 20대는 취업 때문에, 30~40대는 사회와 가정에 대한 책임감 때문에 자살을 한다. 뿐만 아니다. 이미 노숙하여 익을 대로 익어 있을 50~60대조차 자살을 한다. 이 경우는 소속감의 상실과 소외의 심화가 자살 동기라고 한다. 또 빈곤층은 상대적 상실감으로 자살하고 상류층은 꿈이나 이상과의 괴리를 비관해서 자살한다.

그런데 자살률만으로 국가 행복지수가 낭떠러지로 처박히는 것은 아니다. 이른바 '쪽방' 그리고 '쪽방 촌'이란 말로 대변되는 빈곤층도 국가 행복지수가 바닥을 기는 데 일조한다. 쪽방이란 낡아빠진 건물 안에 다닥다닥 달라붙은 작은 방으로 한 사람이 겨우 팔다리를 펴고 몸을 가눌 만한 크기에 불과하다. 가령 "10미터 길이의 복도 양옆으로 작은 문 열두 개가 다닥다닥 붙어 있다"라는 묘사에서 짐작이 가겠지만 방 하나의 폭이 1미터에도 미치지 못한다.

신문 보도에 따르면 대구의 쪽방 촌 거주자는 대략 850명이라고 한다. 우리 사회의 음지는 그만큼 스산하다. 그렇다면 서울의 쪽방 촌은 어떨까?

작게는 1.65평방미터(0.5평), 커봐야 6.6평방미터(2평) 남짓, 집세는 보증금 없이 월 10만 원에서 30만 원.
1960~70년대에 지어진 허름한 주택을 9~17개의 방으로 쪼개 만든 '벌집' 같은 곳, 쪽방 촌. 서울 쪽방 촌의 방은 (여름에는) 습식 사우나 같다.

서울의 J일보는 쪽방과 쪽방 촌을 이렇게 묘사하고 있다.
서울 시내에는 영등포구 영등포동 422번지를 비롯해서 다섯 곳의 쪽방 촌이 있다. 서울시에서 공식적으로 '5대 쪽방 촌'이라 부르는 곳은 영등포동을 비롯해서 동자동(용산), 창신동(종로), 돈의동(종로), 남대문(서울역 일대) 등에 흩어져 있다.
보통 한 쪽방 촌에는 500 내지 900개의 쪽방이 있으니 그 가구수며 인구수도 그 숫자 이상이 될 것이다. 쪽방 거주자는 노인 인구가 압도적으로 많은 편이다.
그중 특히 영등포동 쪽방 촌이 시사하는 바가 크다. 쪽방 촌 지척에는 백화점을 비롯해서 대규모 복합 쇼핑센터가 현란하게 자리 잡고 있다. 말할 것도 없이 우리 사회의 양지와 음지를 극명하게 보여주는 것이다. 물론 빈부차도 극명하게 드러난다.

이런 상황 앞에서 국가 복지지수를 따지는 것은 의미 없는 일이다. 복지국가란 말을 듣는 것은 아예 가망 없는 일이다. 이제 국가가 발 벗고 나서고 사회도 관심을 기울여서 하루빨리 복지지수를 높이고 복지국가의 위상을 세워야 할 것이다. 그것이 한국 국민 전체의 행복에도 이바지할 것이다.

이는 영영 포기해야 할 불가능한 일이 아니다. 2010년 8월 미국의 주간지 〈뉴스위크News Week〉가 세계 최고의 나라Best Country를 뽑았다. 그런데 이 조사에서 한국이 100개국 중 15위를 차지했다. 전체 중 5분의 1 안에 들었으니 그만하면 괜찮은 편 같다.

지금 이 순간 어느 나라에서 태어나면 건강하고 안전하고 적절히 부유하고 신분 상승이 가능한 삶을 영위할 기회가 많을까?

이 물음의 답을 구하기 위해 〈뉴스위크〉는 교육, 건강, 삶의 질, 경제적 역동성, 정치적 환경 등 다섯 가지 지표를 두고 2008년과 2009년 자료를 바탕으로 조사를 벌였다. 그 결과 1위는 핀란드였고 그 뒤를 스위스와 스웨덴이 따랐다. 그밖에 호주, 노르웨이, 캐나다, 일본, 덴마크, 독일, 영국 등 내로라하는 나라들이 한국보다 상위권을 차지하고 있다. 한국 뒤로는 프랑스, 오스트리아, 벨기에, 싱가포르 등이 따르고 있다.

같은 조사에서 경제적 역동성은 한국이 싱가포르, 미국 다음으로 3위를, 교육은 1위 핀란드 다음으로 2위를 차지했다. 이 두 가지 기준에 따르면 한국은 단연코 세계 최고의 국가이다. 이는 여간한 자랑거리가 아니다. 특히 한국의 교육에 대해 〈뉴스위크〉는 절찬을 쏟아 붓고 있다.

"한국은 교육의 질과 학생들의 열정으로 유명하다."

"한국 학생들은 대학을 마칠 가능성이 세계에서 가장 높은 편이다."

"한국의 학부모들은 자녀의 입시준비에 거액을 쓰는 관행으로 잘 알려져 있다."

"학업부진을 보이는 학생은 곧바로 교사의 1대1 지도를 받고, 학생 세 명 중 한 명은 매년 개인 지도교사의 도움을 더 받는다."

"모든 아이가 기초 교육을 받고 엄격한 기준에 도달하도록 한다."

이런 말들로 〈뉴스위크〉는 정확하게 한국의 교육 실정을 지적하고 있다. 하지만 우리가 이렇게 유쾌한 등수만 차지한 것은 아니다. 기준이 달라지면 우리의 기세는 허세가 되고 만다. 단적으로 '삶의 질'과 '건강' 부문에서 한국은 10위 이하로 밀려난다. 상위에 든 '최고 나라' 지수를 비웃듯이 삶의 질에 관한 지수는 아래로 곤두박질치는 것이다.

삶의 질은 떨어지는 판에 교육이며 경제 지수는 높다는 현실이 오히려 마음 아프다. 그 모든 것이 필경은 삶의 질을 높이는 데 이바지해야 마땅하기 때문이다.

또 다른 우리의 행복지수

최근 국가 행복지수가 언론에서 심심치 않게 다루어지는 경우가 많다. 국민이 경험하는 행복의 내용이며 질을 일정 기준에 따라 수치로 나타낸 것이 다름 아닌 행복지수이다.

그런데 한창 이야깃거리가 된다는 것은 행복에 대한 관심도가 커졌다는 의미겠지만 그 속내가 문제이다. 행복에 겨워서 관심을 두는 것인지, 아니면 행복하지 못해 관심을 두는 것인지 그것이 문제이다. 불행히도 후자라서 행복지수에 관심이 높은 것 같다.

2010년 8월 한국심리학회가 서울의 J일보사와 공동으로 한국인의 맞춤형 행복지수를 발표했다. 성인 남녀 1,000명을 대상으로 한국인은 언제 어떤 경우에 행복을 느끼는지, 행복한 시간은 언제 오는지, 누구와 있을 때 더 행복한지 등을 조사한 결과가 맞춤형 행복지수라는 이름으로 발표된 것이다. 불행히도 조사 결과

한국인은 100점 만점에 63.22점을 받았다. 대학생들의 성적으로 따지면 겨우 D학점에 불과하다. 낙제 점수와 아슬아슬하게 맞닿아 있는 점수이다.

또한 이 점수는 2007년 현재 지구촌 전체의 평균 행복지수인 64.06점보다도 낮다. 64.06점이 이른바 후진국까지 포함된 점수라는 것을 생각하면 절망감이 우리를 짓누른다.

OECD, 곧 경제협력개발기구에 속한 32개국 평균이 71.25점이니 한국의 행복지수가 얼마나 낙후되어 있는지를 뼈저리게 느낄 것이다. 우리의 점수가 OECD 평균보다 무려 8점이나 낮다. 학생으로 치면 낙제생이다. 우리의 행복지수는 우리의 경제 수준과 심하게 동떨어져 있는 셈이다.

구체적으로 따져보면 절망감은 더욱 커진다. 행복지수가 가장 높은 나라인 덴마크는 80점이 넘는다. 우리는 무려 16.78점이나 뒤져 있는 것이다.

후진국과 비교하면 우리의 절망감은 더욱 커진다. 1인당 GNP가 우리의 절반도 안 되는 남아프리카공화국, 페루 등과 행복지수가 비슷하기 때문이다.

그래서 한국의 행복 성적표는 지구촌 전체에서 겨우 50위권이다. 그런가 하면 2007년 실시된 세계가치관조사World Value Survey에 따르면 우리나라는 97개국 중 58위이다.

결국 우리의 국가 행복지수는 거의 바닥을 기고 있는 셈이다.

앞서 지적했듯이 우리가 경제적으로는 세계 상위권에 드는 것을 생각하면 우리의 경제지수와 행복지수는 서로 역행하고 있다고 밖에 말할 수 없다.

잘사는 불행한 나라! 그것이 바로 한국이다.

행정에도 교육에도 행복

국가적 지표로 행복이 문제되는 것은 당연한 일이다. 복지국가야말로 국가들이 지상 목표로 삼아야 할 명제이고 과제이기 때문이다. 한 나라의 행복지수가 높지 못하면 경제며 산업이며 문화가 아무리 발전해도 무의미하다.

국가 차원의 행복지수를 추구하다 보니 여기 발맞춰서 지역 행정과 교육에도 행복을 궁극적인 목표로 삼는 사례를 보게 된다.

행복한 시민, 활기찬 진주

경남 진주시가 내건 행정 지표요, 슬로건이다.

진주는 경남만이 아니라 영남 전체에서 대표적인 도시이다. 중세기에는 부사가 행정을 맡았고 일제 강점기*초만 해도 도청이 자리 잡았던, 이를테면 경남의 수도였다. 진주성은 오늘날 몇 안 되는, 살아 있는 성으로 그 풍광이 천하일품이다. 성을 끼고 남강이 도도하게 흐르고 정문 앞의 물기슭에 자리한 바위에는 의기義

妓 논개의 전설이 푸르디푸르게 서려 있다.

이 아름다운 고도古都 진주가 시정의 지표로 시민의 행복을 내걸었다. 2010년 현재 이창희 시장은 앞으로 4년의 임기 동안 그 지표를 지킬 것이라고 공약했다. 이 지표를 실현하기 위해 정한 시정 목표는 다음과 같다.

활력 있는 경제 도시
함께 웃는 복지 도시
아름다운 문화 도시
인재 육성 미래 도시

그런데 이 4대 목표는 결국 '행복한 진주 시민'에 집약된다. 진주 시민이 행복하도록 진주의 활력을 키우고 시민에게 웃음을 선물하고 문화며 인재를 육성하자는 것이다.

이런 구호를 내걸고 그 실천에 땀을 흘리는 활기찬 행정을 경험하는 진주 시민이야말로 진짜로 '행복한 시민'일 것이 틀림없다. 남강이 흐르듯이 온 진주에 행복이 어릴 것이다. 그런가 하면 같은 경남의 또 다른 도시도 행복을 구호로 내걸고 시정을 펼치고 있다.

행복한 학생, 긍지 높은 교육

남해의 수려한 항구도시 통영 교육청이 내건 구호이다. 누구나 알다시피 통영은 조선시대에 해군사령부 격인 삼도수군통제영이 자리 잡았던 유서 깊은 도시이다. 또한 이순신 장군이 왜의 수군을 괴멸한 한산대첩으로 유명한 전적지이기도 하다.

역사와 전통을 자랑하는 이 도시의 교육청이 새롭게 내건 구호가 다름 아닌 "행복한 학생, 긍지 높은 교육"이다. 전국적으로 입시 위주의 교육이 시행되는 마당에 유유하게 '행복한 학생'이라는 기치를 내건 것이 이채롭다.

그런데 어떤 학생이 '행복한 학생'일까? 무엇보다 즐겁게 학교 생활을 하는 학생이어야 할 것 같다. 그러려면 시험 공부, 학과 공부에만 일방적으로 매달리지 말고 각자의 소질과 뜻을 십분 살려낼 수 있어야 한다. 그래야 학생은 행복할 것이다.

그래서 우선은 '나는 나답게 너는 너답게' 주어진 자질을 충분히 활성화할 수 있어야 한다. 그다음으로는 학과 성적도 함께 향상될 수 있어야 한다.

통영 교육청이 내건 이념을 전제로 한다면 이 두 가지 조건 외에 학생들이 자기 자신에게 긍지를 느낄 때 행복은 절정에 달할 것이다.

결국은 행복이다

앞에서 국민 전체의 행복지수와 더불어 지역 행정과 교육의 지침으로 행복에 대해 이야기했다. 국가 전체로나 지역별로나 결국은 행복이다. 개인도 다를 바가 없다.

왜 사느냐? 무엇 때문에 사는가? 이 물음에 대한 대답은 여러 가지이다.

적극적이고 능동적으로는 뭔가를 성취하고 달성하기 위해서라고 할 것이다. 꿈을 이루고 뜻을 이루기 위해 산다고들 할 것이다. 목적하는 바를 손에 넣기 위해서라고도 할 것이다. 그러면서 권력, 명예, 재산 등이 언급될 것이다.

그러나 소극적으로는 다른 답들이 나올 것이다. "그저 산다고 사는 것뿐이다"라는 답을 중얼거리는가 하면 "죽지 못해 사는 거지"라고 뇌기도 할 것이다.

적극적인 대답과 소극적인 대답 그 양쪽에 우리의 삶이 걸쳐져 있다. 뭔가 값지고 보람찬 것을 이루고 얻기 위해 산다고들 할 때 당연히 그 삶의 끝에는 행복이 자리하게 될 것이다.

그러나 소극적이고 비관적인 답을 내린 사람도 아예 행복을 포기했다고 말하기는 어려울 것 같다. 그 서글픈 마음의 바탕에는 행복에 대한 지향이 미적대고 있을 것이다. 부서진 행복에 부치는 꿈이 응어리져 있을 것이다.

나는 불과 두 달밖에 더는 그 섬에서 살 수 없었으나 가령 거기서 두 해를 또는 두 세기를 아니, 영원히 산다고 해도 단 한순간도 지루하지는 않았을 것이다.

거기서 나의 아내와 세무 관리와 그 처와 심부름꾼 말고는 말 상대가 없었다. 그들은 모두 선량한 사람들이었지만 그저 그뿐이었다.

하지만 그런 상황이 내게는 필요한 것이었다. 나는 그 두 달 동안을 나의 전 생애 중에서 가장 행복했던 시기였다고 믿고 있다. 단 한 순간도 다른 상황으로 옮겨 살기를 바라지 않고 온 평생 동안 만족한 기분으로 살 수 있으리라고 생각될 만큼 행복한 시절이었다.

루소Jean Jaques Rousseau는《고독한 산책자의 몽상》에서 이같이 행복을 말하고 있다. 모티에에 살던 루소는 마을 사람들의 돌팔매질에 쫓겨 도리 없이 마을을 떠나게 된다.

그러고는 스위스의 어느 호수 가운데 떠 있는 생피에르라는 고도와도 같은 작은 섬에 옮겨 살게 되었다. 그는 그 섬을 깊은 애정을 느끼게 해주고 그를 행복하게 해준 섬이라고 회고한다.

그때 이 철인은 집이라고는 단 한 채밖에 없는 외딴 섬, 이웃이라야 말동무가 되지도 못하는, 단 세 사람밖에 없는 고도에서 그야말로 고독한 삶을 살았다. 유배나 귀양살이와 다를 바가 없었다.

그가 거기서 하는 일이라고는 물가나 숲 속을 산책하면서 명상에 젖는 일뿐이었다. 다른 사람이 보기에는 쓸쓸하기 이를 데 없는 정경이었다.

그런데도 그는 이때야말로 그의 평생에서 가장 행복했던 시기였다고 말한다.

해질 녘이 되면 섬의 꼭대기에서 내려와서 즐겨 호숫가로 나아간
다. 모래사장의 어느 한구석 은근한 곳에 자리 잡고 앉는다. 거기
서는 파도 소리와 흔들대는 물결이 나를 안정시키고 마음에서 모
든 동요를 잠재워준다.
그래서는 감미로운 몽상에 젖게 하고는 자주자주 밤이 깃들이는
것도 모른 채로 시간을 보내곤 한다. 밀려와서는 물러가곤 하는
파도의 움직임이 몽상에 젖은 내 마음의 움직임이 되면 나는 절
로 나의 존재를 즐겁게 여기곤 한다.

이것이야말로 진짜 정복이란 이름의 행복이다. 고요하고 맑고
정갈한 행복이다. 그것이 있어서 고도의 고독한 생활이 행복의
극에 다다른 것이다.
이것은 누가 언제 어디서 어떻게 살든 결국은 행복이 그 삶의
그리고 그 존재의 궁극적인 지표임을 말해주는 것이다.
우리 인생, 우리 삶의 궁극은 행복이다.

행복

지은이 | 김열규

초판 1쇄 인쇄일 2011년 1월 28일
초판 1쇄 발행일 2011년 2월 11일

발행인 | 한상준
기획 | 박재호, 이둘숙
편집 | 윤정숙
마케팅 | 김현우
독자관리 | 이재희
디자인 | 나윤영, 디자인포름
종이 | 화인페이퍼
출력 | 경운출력
인쇄·제본 | 영신사

발행처 | 비아북(ViaBook Publisher)
출판등록 | 제313-2007-218호(2007년 11월 2일)
주소 | 서울시 마포구 연남동 567-40 2층
전화 | 02-334-6123 팩스 | 02-334-6126 | 전자우편 crm@viabook.kr

ⓒ 김열규, 2011
ISBN 978-89-93642-28-5 (03800)

＊이 책의 전부 또는 일부를 이용하려면 저작권자와 비아북의 동의를 받아야 합니다.
＊이 도서의 국립중앙도서관 출판시도서목록(CIP)은
  e-CIP 홈페이지(http://www.nl.go.kr/cip.php)에서 이용하실 수 있습니다.
  (CIP 제어번호:2011000339)
＊잘못된 책은 바꿔드립니다.